彼一如我

武静怡 著

新华出版社

图书在版编目(CIP)数据

彼一如我 / 武静怡著. -- 北京 : 新华出版社,
2019.6
ISBN 978-7-5166-4688-5

Ⅰ. ①彼… Ⅱ. ①武… Ⅲ. ①中国文学-当代文学-
作品综合集 Ⅳ. ①I217.2

中国版本图书馆 CIP 数据核字(2019)第 119611 号

彼一如我

著　　者：武静怡

责任编辑：蒋小云　　装帧设计：潇湘悦读文化研究会
责任校对：尹子文

出版发行：新华出版社
地　　址：北京石景山区京原路 8 号　　邮　　编：100040
网　　址：http://www.xinhuapub.com　　http://press.xinhuanet.com
经　　销：新华书店
购书热线：010-63077122　　中国新闻书店购书热线：010-63072012

照　　排：知新集团新湖湘文艺书局
印　　刷：长沙市精宏印务有限公司
成品尺寸：148mm×210mm
印　　张：8　　字　　数：200 千字
版　　次：2019 年 6 月第一版　　印　　次：2019 年 6 月第一次印刷
书　　号：ISBN 978-7-5166-4688-5
定　　价：49.00 元

天空像个孩子，没有烦恼和愁绪。有时它与路过的清风白云嬉戏；有时它帮助奔波的飞禽，整整凌乱的羽毛；有时它鼓起腮帮，朝平静的湖面大口地吹气。清脆悦耳的莺啼，低沉喑哑的虫鸣，皆是由它而生的旋律。

她的谈吐、见解与眼界，正如她的文字一样。

序：白纸上舞蹈的黑字精灵

余　艳

静怡还是个16岁的小女孩，她坐在我对面，聊着聊着，我似乎看见咖啡厅幽暗的灯光慢慢隐退，一道从她清澈的眼眸里流淌出的清灵的光，让我看到沁人心脾的甜和清泉般来自久远的纯。

那是一束连接从前和未来的文学之光。

静怡在出自己的书，把她中学的一些灵光闪现和悟性火花平和地端出来，像她并不刻意闪现的清纯的眼眸。

我是先读到她的文字后见到她人的，从见到她的那一刻，文字又像自动退去的光那样，人，一下凸显在我面前。

人比文耐读，一定是天生的文学坯子。坯子会长脚，能走很远。

这书稿整理好之前，我从静怡爸爸的手机微信里读了两篇半古半文的学生作文。文笔很老到，甚至与先哲的文风有相似之处，又映衬着现代思想之厚重。你看啊——

然余有鸿鹄之志，亦勉之，信耕耘必有获，余以为，余之志于余心也，如木之有根，如灯之有膏，如鱼之有水，如农夫之有田，如商贾之有财。尔且待余往后之业。

时尤为迫切，书不尽言，如何之处，恭候卓裁。

这是静怡写给母亲的一封信。母亲一句“鱼和熊掌不能兼得”，一不小心让她在生气时，透露了志向——鸿鹄之志！

再看她半白半文的句子，知识沉淀又好生了得。

军魂长在，犯吾中华者，岂得所愿乎！自此东南西北，四境靖平，夫解放军者，竟无一败绩……唯吾解放军者，自工农红军始，披肝沥血、百折不挠，虽有小挫，然终盛极，至今卫华夏之疆于金汤，扬军威盛名于天地，此诚守望者之最也。

看这些文字，我惊得半天都不敢相信：这是你家学生女儿写的？我们搞专业的也未必写得出。静怡爸爸一副略带羞涩的得意。哟，这得意怎么似曾相识？好熟悉……对，在静怡爷爷武俊瑶那里。当年，作为零陵卷烟厂厂长、湖南省文联副主席的武俊瑶，周边围着一大批文学爱好者。他那脸上，常常是这种得意。

还是20世纪八九十年代，年利税过十亿，却因企业文化闻名全国的企业，叫零陵卷烟厂。从那里走出全国幼儿体操三届冠军、老年门球几届全省第一；尤其著名的有一个作家群，20多名省作协会员，4名中国作协会员，我是4名中的一个。那时我们比静怡年龄大，但对文学的自信却肯定比静怡小。强烈地热爱却又诚惶诚恐，好在有个主心骨——武厂长，他是领导，还是个文痴。一说开个笔会，能让年轻人写作视野大扩、悟性剧增；一说他举旗扬文学，身后酷爱文学的青年，脱掉工装挑灯夜战聚气码字，武厂长就单纯地乐。在递上来的一次次文学活动的报告上，大笔一挥："同意！"于是，全国文学笔会、省市文学采风，一次次文学沙龙、一场场作品研讨会，在一个烟香弥漫的厂家举办。关键，他自己也在其中跟我们一样"打鸡血"：没有厂长、不是领导，与大家互看作品提意见还争得面红耳赤，写出几行好文字就乐得忘乎所以。武厂长就这样平和地混在我们一帮文痴中，那道眼眸里真诚的光，给我们多少温暖、多少力量、多少信心，还有越来越大的文学野心……多少年后，他走了，他亲手耕耘的文学园却挂果丰收，一本本文学作品走向全国，一个个文学人才成就了梦想……

眼下的静怡，那么像我们当年的痴，却从容睿智得多。还看她的文字：

天空像个孩子，没有烦恼和愁绪。有时它与路过的清风白云嬉戏；有时它帮助奔波的飞禽，整整凌乱的羽毛；有时它鼓起腮帮，朝平静的湖面大口地吹气。清脆悦耳的莺啼，低沉喑哑的虫鸣，皆是由它而生的旋律。

这种描写一看，不只是比同龄人成熟许多，还有一种港台式的精致和温婉。这是个励志且与文学纠缠不休的小女孩，超越年龄的理性成熟，令人十分惊诧——哇，她那么像她爷爷，对文学是骨子里的敬和情感中的痴。而且，小小年纪也有她爷爷当年对社会的那份责任与担当。

于未来中国的展望，主要看国家的气质。回溯之前的中国发展，我国一直处于一个沉潜阶段。从中国的改革开放、市场化经济制度的逐步确立，再到目前的经济体制改革工作的落实，中国一直都在努力。我国的国家气质，努力、朴实、养精蓄锐。当前，尽管我国的社会体制还有许多的问题，比如教育、医疗、养老等，但是我们可以看见的是国家一直在努力。

少女与家国情怀，青春与时间的气息，就那样完美地在静怡的身上铺展开来。她的谈吐、见解与眼界，正如她的文字一样，超越了她这个年龄段所应关注的点：对国家的关心，对时局的看法，透出一种理性、一种睿智和一种暖暖的温情。

她随笔的语言，朴实而并不华丽，更不文绉绉，早已脱离了我们常见的中学生们的那种腔调，文字充满了张力，显示出了和她的年龄并不相符的老到。再看这段描写：

那大伞一样撑起一片天的古树仍挺立着，我嗅着叶的芬芳，心情也不由得变了，变得明悟，终于发现在心中一直摸不透的动力是什么，那是坚持。六年时光，六年心酸，六年等待，全都聚集在最后一年。此时我做的一切准备不是为了考试，而是为了一个信念和一份坚持。

静怡笔下的场面，有的源自她的生活，有的纯粹是爱思索的她习惯的想象。在今天的孩子周围，我们没有谁提供给他们这样直接的感受。那么，是什么东西点燃了小女孩的创作灵感和人生信念呢？

是想象，或者说是幻想。

幻想的力量是难以用一个计量单位来表述的，幻想是人类特有的一种功能。幻想与想象让人类的文明有了腾飞的翅膀。一个民族的进步靠的是创造，而创造力的基础是什么？就是想象和幻想。

我们今天的孩子面临的生活太现实了，静怡也不例外。他们要面对紧张的应试教育，要在补课和升学的时间表里，非常现实地度过分分秒秒。我们看到了太多的孩子已经成为一个学习机器，他们每天都在题海里挣扎着拼搏着。静怡这孩子，咋就能脱俗呢？

她阅读之广、记忆之多，各种爱好没拖后腿，还学业优异，让她脱颖而出。

再来举杯邀明月吧，让我们温一壶月光下的酒，共赏一片迷路的云，共忆烟气氤氲的鸳鸯香炉。坐拥青山，剪几缕清风，掬几片月光，温上一壶酒。而后，在文字里不醉不休。

突然就觉得静怡身上有仙气。我和她在咖啡厅对望的时候，就想说：这个16岁的仙，眼眸里的光那般清亮干净，浑身睿智却那么收敛沉潜。但我还是看到她躲藏在身后幻想的翅膀，可能在下一步我们不注意时就能腾飞。一个民族的进步靠的是创造，而创造力的基础是想象和幻想。

什么东西能给我们的孩子带来快乐？物质的元素当然是重要的，精神领域里的东西更不能缺失。静怡无疑是众多学生中出类拔萃的，她能在完成学业的同时，扬起文学的翅膀，翱翔在自由的天地里。她把自己的幻想变成了这么多的优美的文字，就像她放飞的鲜活的精灵……

我和静怡接触不多，但我知道她是一个品学兼优的学生，自己喜欢文学，又当文学社的社长，她的组织能力也很不错，常挑头做文学与社会相关联的活动。她还常参加志愿者走进社会的实践活动，小小年纪满脑袋装的是想帮助别人。但我还要说，幻想是静怡的最大财富，她天生是为文学而生的，像她写好文学、更写好人生的爷爷。

若干年以后，静怡只要愿意，也许能成为一个真正的作家。其实，我以为能否当作家并不重要，即使静怡出了这本书之后，再也不愿与文学结缘也很正常。但她在自己的中小学阶段，就能把自己的幻想变成白纸上舞蹈的黑字精灵，她的青春岁月、她的整个人生就有了源源不断的轻盈的飞翔……

余艳，著名女作家，湖南省作家协会副主席、省网络作协主席、省报告文学学会常务副主席。

坐拥青山，剪几缕清风，掬几片月光，温上一壶酒。而后，在文字里不醉不休。

目录

CONTENTS

习古

研今

载 道

一曲琴瑟，流水心弦，君子谦谦，怎话凄寒。

习古 > > > > > >

戴云山游记 / 凤求凰

缅北远征英烈颂 / 山亭观雨

……

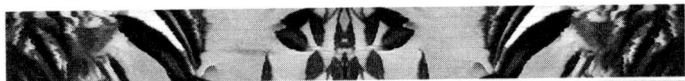

戴云山游记

余虽好学，学业颇重，劳累异常，心甚厌闷。闽中密友，既闻其讯，乃招余往，以散心焉。

乘车南下，风景殊佳，平川广布，良田无垠，阡陌交通，庄宅连倚，禾麦金灿，油花炫然，神游万里，思接八荒。及入浙南，丘陵起伏，绵延难绝，平生未睹。至入闽地，山高谷狭，崖壁障目，车声轰隆，绕耳不绝，雾气霭霭，雨色朦胧，身处何方，不复可识。铁轨蜿蜒，车速顿降，逶迤多时，方至闽中。

友人所在，藐然小城，依山伴溪，极狭而长。地至明净，人至悠闲，虽非名城，不失宜居。环城皆山，近者青翠，远者苍苍。移目城南，有峰耸然，突兀而起，直插云霄，惊天动地。余长平川，生平未睹，心甚异骇，凝目久视，赏玩不已。友人微笑，而谓余曰，此为名山，名曰戴云，闽中屋脊，可为其号。余求往观，友人诺之。

山道险绝，九拐十弯，时临绝壁，稍有不慎，车坠人亡。余心甚恐，友人自若，轻车熟路，骑行如飞，虽至险弯，不降其速，余甚骇然，眩晕不已。颠簸数时，车道遂尽，止堪徒步，仰望山顶，路途未半。山径极狭，人迹罕至，雨过路滑，至难行焉。草茂木深，遮天蔽日，鸟啼兽叫，幽深险怪。友人大呼，回响不绝，山空林幽，余心甚悸。行不多时，径没草木，不复可识，木叶纵横，沙石碍路，山体益陡，竟如绝壁，几不可行。藤蔓横生，借势攀登，孤松挂壁，援以前行。友人土著，素习登山，健步如飞，面色未改，鲜有喘气，谈笑自若，不异常时。余鲜登山，大汗淋漓，面红耳赤，双足绝沉，几欲断之，三步两息，屡停其步。友人勉之，余乃力行，终至山巅，几欲绝矣。

山顶豁然，复见天日，竟登绝顶，众山皆小，四环而望，意气风发。时近黄昏，落日半挂，青天净蓝，彩霞绚烂，射目而来，夺魂动魄。微风习习，远山绵绵，放目难穷，恍若仙境，向时悲苦，并诸厌烦，烟消云散，不复扰心。对此壮景，流连忘返，值此佳日，豪性顿发。未登颠顶，人恶苦途，既至绝地，其乐难穷。为学之道，亦如登山，既仰其绝，当尽其心，虽苦不废，乃能有成！

凤求凰

鹧鸪唱晚，袭风夜半，佳人独上高楼，秉烛拾阶，泪眼婆娑。叹闺阁云雀，知音不见；梦锦书燕来，怎觅君颜。唯见天街浩渺，琼宫璀璨，素娥桂下拂袖，霄汉飞仙独美。伊人对影铜镜，半遮流盼，屏风犹卷，不见玉簪。执笔落墨锦书，归音又何现；低眉琴瑟轻弹，望远遮青衫。樽酒对月，更声凭栏，满目唯忧愁，此间多辗转。

一曲琴瑟，流水心弦，君子谦谦，怎话凄寒。古书曰，蒹葭苍苍，白露为霜，所谓伊人，在水一方。道遗梦千里，难遇卿言；叹青玉独佩，怎逢芊芊。歌者，诗词皆赋，短句皆歌。宫商角徵羽，唱不尽此情三千；风雨云海花，书不完梦里一面。墨夜碧落，更火摇曳，移步街巷，漫步云天。怀中酒香四溢，一樽江月；鞍前拂袖琴案，马蹄待远。

琴音凄凄惨惨，悲切犹见，时而婉转，空巷幽远。其曰："凤兮凤兮归故乡，遨游四海求其凰。"伊人遥听，心生感怀，触景生情，翘首以盼。然不见青衫，唯有高轩；循声望远，只待一面。是夜，欣喜奇缘，竟夜不能寐。

翌日，云开初晓，推窗春暖，万里晴空，沐风燕欢。佳人乘车远游，野郊赏花。桃花谷中，宁静悠然。望枝上嫣红，暗香果腹；唯足下生风，蝶舞翩跹。忽闻古琴空灵绝弦，惊叹昨夜似曾相见。举步寻探，阡陌交错，峰回路转，终见音源。卿曰："凰兮凰兮从我栖，得托孳尾永为妃。"君子琴音乍停，拾步而来，相视一笑，竟几多温情流转，恰妙笔生花之感。君子谦谦，作揖合手，佳人低眉，含笑遮面。须臾，谈笑风生，感前世姻缘，御马而前，叹相见恨晚。

望高山流水，钟灵毓秀；观燕舞蝶翩，比翼齐飞。空谷人踪灭，池鱼翔故渊，倦鸟栖岭南，桃花惹香怜。一曲清歌，琴声和鸣，小桥人家，山野斑斓。而后，每逢晴日佳节，君与佳人，驭马远歌，执手相牵。终日为情所念，为情所欢，春去秋来，时过半载，有情人终成眷属，举目共婵娟。时光流逝，星移斗转，俯仰之间，此去经年。千帆过尽江群，桃花逢春又添。

然昔日眷属不见，孑影孤单；曾经巫山为誓，只剩憾言。君子因琴歌相遇，情缘天定。然日久生厌，竟留一封信笺，不辞而别，唯独佳人以泪洗面，终日惶惶不安，道旧忆三千，不及归人一面。伊人忧思倍加，度日如年，犹饮鸩而眠，恐有余愿。择日，孤身前往桃花谷，叹物是人非，旧景重现，泪眼俱下，抚琴而歌，其曰："将琴代语兮，聊写衷肠。何日见许兮，慰我彷徨。"

有一美人兮，见之不忘。

一日不见兮，思之如狂。

凤飞翱翔兮，四海求凰。

无奈佳人兮，不在东墙。

将琴代语兮，聊写衷肠。

何日见许兮，慰我彷徨。

愿言配德兮，携手相将。

不得于飞兮，使我沦亡。

噫，人生若只如初见。

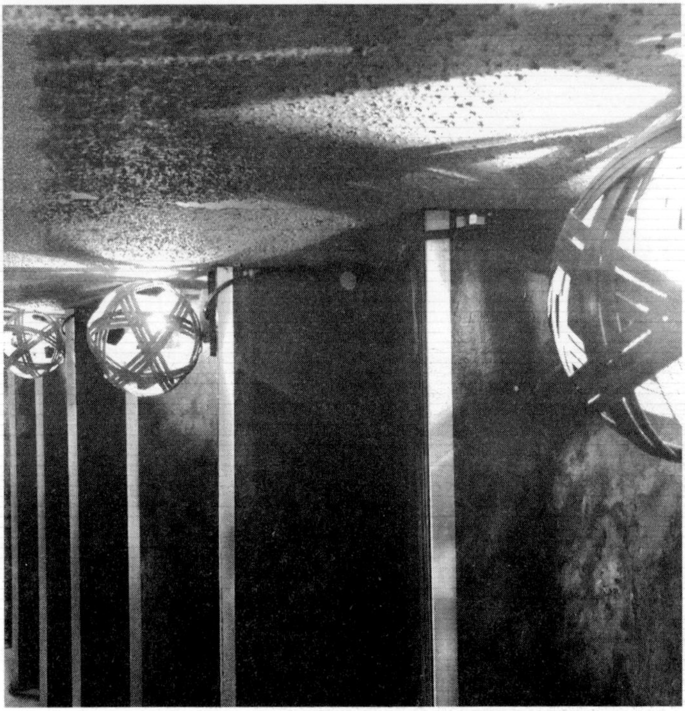

缅北远征英烈颂

中华自古多烈士，英儿从来思报国。日寇妄图灭中华，壮士誓死赴国难。勇投行伍抗日帝，远征滇缅卫西南。戎装威严心志坚，行军整肃号令严。远涉山水赴异乡，生别亲朋歼敌寇。肩扛金枪斗志高，手握利刃血性刚。出门忍看妻儿泪，破阵但使豺狼啼。远行不图归家园，血战岂为逐功名？雾沉雨暴天气劣，山高水长行路难。漫漫长途艰且险，昂昂斗志壮复雄。日夜兼程百里速，昼夜高歌万丈情。薄衣不暖身长冻，粗食难足腹久饥，安以无衣忘血仇，岂为不饱丧斗志？仇为粮兮恨为饮，天成衣兮地成被，山重水复虽远隔，血沸气腾不可阻！远赴千里至敌营，豪情万丈灭日寇。城池坚固如金汤，斗志昂扬似天锤。前仆后继捣敌巢，左杀右击斗敌卫。炮弹如雨勇争先，敌寇似麻恐歼少。敌众恃强凌余阵，英儿不惧乘其隙。前仆后继不可欺，左搏右斗诚堪歌。身首分离死不悔，将士合心势难阻。军鼓长击勇杀敌，号角悲鸣怒雪恨！乌云蔽日原野荒，杀气凝空战局危。将帅坐镇心静水，战士搏敌拳硬钢。天公愤怼威灵怒，将士威猛顽敌怯。十发九中逞神勇，七零八落乱敌心。拼尽全力振军威，杀光倭寇雪国耻。既神勇兮兼威武，终刚强兮且坚韧。穷寇卷土退复来，狼烟升空息又起。三日两战无所怪，十人九死不可免。尸堆无数成山丘，血流难量为河水。弹几尽兮赤身搏，粮且绝乎空腹斗，宁立而死传芳名，不跪求生留遗臭。敌寇如麻杀不尽，战事纷繁永无休。月圆不聚多少恨，花开难赏几许愁？新婚一日便离别，久战三载难重会。西去容颜无日忘，东归温情何时叙？老母久盼眼欲穿，幼儿长思心如焚。千愁已化杀敌志，万恨尽成抗日心。缅北激战洒热血，滇西迎敌抛头颅。松山战死逾四千，腾冲陷阵近一万。日寇伤亡数万计，盟军胜利不可量。嚣张气焰由是灭，危难战局从此消。滇缅通道遂得保，西南后方乃为安。百战身死无所葬，千役名没谁人识。抗日威猛惊山河，爱国赤诚感天地。忠魂可鉴昭日月，英名当记传世间。招魂唯愿英烈安，为文但使后人记！

山亭观雨

七月流火，金风初来，虽未及飒爽秋高之凉薄，然晨风拂面，犹感荷月炎暑之稍减。独行竹径而通幽，遍赏杨柳之碧翠，遥望山河缥缈，林岚缭绕。承古今之沧桑，收日月之华泽，显阴阳之妙化。

愈感浑然而忘我，虽览仙境而弗如。

遥望百里奇山，连绵亘古而苍翠；山涧溪流之淙淙，白石浅露而嶙峋。松临幽谷，风来枝摇而呼啸，鹦鸟高飞振羽，直飞入云而啁啾；狡兔伏蕃草而探首，闻人来而惊走。复有三五妖童媛女，促膝而呢喃。共赏芳菲之满目，若俗尘之不染。

忽来山风之汹涌，又见云翳之黯然。俄而沉云低压，灰暗于天际，扰万籁之阒静，百草低偃而若浪。苍穹如墨，尽掩乾坤，山径凋叶，迷乱而起舞，花间粉蝶，藏匿而无踪。唯有山间之草亭，行人驻足而盘桓。

乍见天际电闪，裂彤云而临，恍若混沌之初分。又闻裂帛之声，由远及近而来，直辟山谷之幽静，如千鼓之共举，沉闷而怵神。但觉空气之湿重，复感压窒之深沉。

风愈疾而至，几欲撼山亭之飘摇，夹杂万千幽谷之回声，磅礴若兵马之驰骋。雨点如豆，击山间之石径，掷然有声。须臾绵密如织，尽涤山川之尘埃。聚低洼以成流，跌亭盖以成瀑。天地昏黄，惨然而不见山色；疾风侵怀，薄衣衫而微寒。

滂沱大雨之倾盆，虽三刻而未止。杨柳柔而叶落，梧桐拔而枝折，更有万千沟壑，满溢而汇涧，山溪奋威疾而腾浪。一二山间之樵客，披蓑衣而艰步，踉跄入山亭而淋漓。

后雷声渐去，风敛而清和，亦无骤雨之肆虐，止余小雨之霭霭。樵客整蓑衣负柴薪而去，行人仰天际而怍然。山径流水若溪，草树微颤而滴翠。啼鸟盘旋而低飞，稍栖落于亭角，若祈乎云开而天晴。

渐看雨歇风住，彤云而泛白。又见云如镶金，放煦暖而怡怀，倏乎云开现日，天际复见澄明。遂濯水而览胜，临壑而赏幽。赏落花而吟诗，凭松溪而歌赋。

尽兴而游赏，至午后而倦归。踏溅履之泥泞，惧湿滑而敛裾。回望山川之静谧，再览秋初之盛景。

雾霭缭绕如故，游人往来而不绝，感自然之造化，成万物之欣欣。虽秋意之将临，无减盛夏之芳菲。

桃花风

山南皆荒秽也，有雅客植数百桃树，建亭其上。每至三春时节，桃花怒放，连绵数里。时人以为佳胜，往来拜谒赏玩者，络绎不绝于途也。

是日，春霖方霁，桃花含露，暖阳映射，愈加娇嫩怡人。有女子着裙裾以往，凭亭而望，心中甚觉快慰。遂执瑶琴以为乐，金声玉振，山鸟皆止啾而闻之。澄明山色，相得益彰，虽仙乐而何如。

有耕田叟扶锄以闻，甚为所动焉，频颔之以赞其乐。女子停弦以礼之，曰："老丈亦通音律何？适才小奏，但请益一二。"耕田叟曰："幼时偶有习之，然年过半百，五感半废，不能领其高妙也。唯闻声若百鸟齐鸣，而一乍然通神之音，林鸟皆止啼而肃然，类凤凰之临，故窃以为‘百鸟朝凤’是也。”女子再拜曰：“老丈诚知音也。”老叟曰：“适才一公子，伫听良久，若有所思。今挥毫而就，恐亦有所得也。”

遂共往观之，但见一俊俏书生，执兔毫，铺薛涛，方且收笔，宛然一《百鸟朝凤》是也。然画中之凤，乃女子之容状也。见女子立于前，不觉赧然，欠身施礼道：“小可闻姑娘奏号钟之音，于心有得，遂逞糙笔，乱涂丹青，不敢唐突佳人也。”女子曰：“此画何名也？”书生道：“《百鸟膺仙》是也。”老叟曰：“吾诚老矣，不若君子之应景也。”女子亦改容示之。

老叟仗锄以去，女子谓书生曰：“此薛涛之笺，乃赋诗之用也。君以作丹青，亦妙不可言也。”书生曰：“实不相瞒，小可赴西京访友。闻此地桃花遇名，故备以吟咏也。不想正遇佳人操琴，遂临时起意而为之。”女子曰：“诚乃诗画之才也，可否借诗一观？”书生曰：“敢不遵命。”女子曰：“何不以此桃花为题耶？”书生曰：“但且一试。”遂略为思索，于薛涛笺之上书曰：

娇容带雨晨初醒，百鸟流连翠山行。
春风何解游人意，空谷难闻鹈哥声。

女子观之，笑曰："君子亦知桃花心事耶？"书生曰："非桃花心事，乃小可之所念想也。"女子曰："桃花十里，何来鹈哥之说？"书生默然，曰："因逢卿而有所求也。"女子面红如赤，顿然不语。

良久，女子曰："今遇二知音，诚乃幸事也，君子可共游赏乎？"书生曰："此诚吾所愿也。"是日比肩流连，尽赏山间春色，至黄昏而回。书生几欲表心迹于前，然苦无媒妁，行至山亭，耕田叟正襟而休憩也。

书生曰："老丈在上，小可有事劳烦焉。"老叟曰："公子可尽言之。"书生曰："小可逢佳人于此，但闻'窈窕淑女，君子好逑'，可劳烦老丈屈做冰人乎？"老丈曰："吾试言之。"

老叟趋女子曰："老人老矣，见二人共游山水，吟咏唱和，颇为璧人也。适才公子央仆执伐，故冒昧语之。"女子曰："吾亦甚为中意焉，然羞于口也。"老叟甚喜，召书生于前，曰："此事谐矣。"二人相视而脉脉焉，书生曰："诚赖老丈做成，今余奔西京访友，并有同伴，已失期一日，不克迁延，势必兼程而往也。今与佳人约期，明年今日，必备六礼而相会也。" 女子曰："诚依君子之言。"言罢分道而去。

不觉一年已过，女子盛装而至，不见书生。栖山亭三日，犹不见踪迹。耕田叟仗锄以至，惊曰："卿尚履约如此，薄君子而不为？"女子曰："或因故拖延，余且候之。"老丈曰："卿可至茅舍暂住，犬子已娶妻分家别住。家中只老妪与仆，也强似久候山亭。"女子曰："敬诺。"

女子遂以父礼称之，老妪甚喜，收为螟蛉。旦日则入山亭为候，将过半月，不见踪迹。一日，遇有西京口音者十余人，入山赏玩，遂试问曰："君子可闻有李姓号仁圭者？"其中一人曰："此乃西京沈氏之甥也，去岁访舅至彼，贪其富贵，已要其女也。"女子不觉昏厥于亭，众人急呼良久，方悠悠转醒。耕田叟亦闻讯而来，赁肩舆以归之。

是夜骤雨不止，晴明登山亭而望，遍地狼藉，枝头桃花皆去也。女子睹物伤怀，遂作诗曰：

芳华绰约连千里，奈何风雨枝头稀。

萦面春风无限恨，空悲落英误归期。

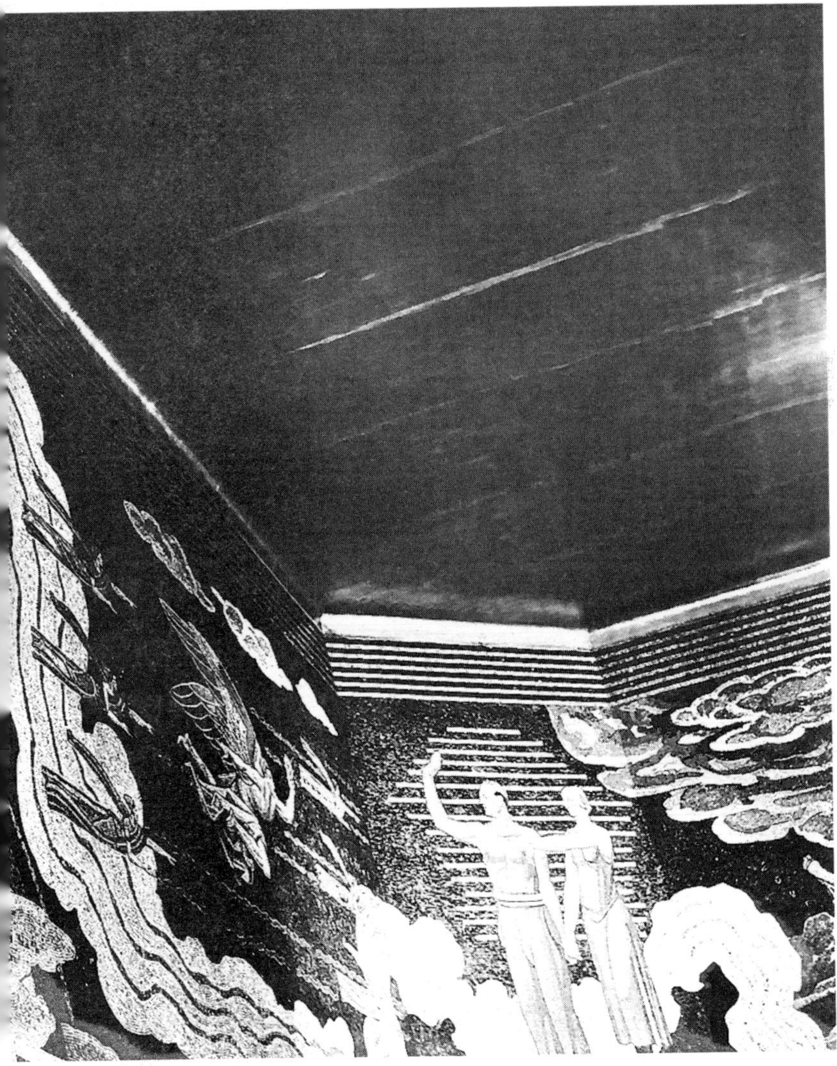

越梦其赋

追忆曾昔，过往复念。梦初景缱绻，花开犹怜，然醒时夜半，落墨雅轩。若几多慕情，难抒吾愿，唯此间流连，怎知忘返。

春之盛景，云岭之南，八彩有径，万物唯乐，钟灵毓秀皆自然。三江并流，石林穿云，徒步江海之畔，远眺叠嶂之巅。望上穷碧落，玉蓝澹澹；观古城云烟，品味悠然。一曲清歌杳然，比邻人间芳菲；一山叠嶂四时，十里水月洞天。山水人文，育人杰地灵；茶香四海，享物华天宝。道一句春意盎然，美如画卷；叹一方景秀山河，如梦亦幻。

夏之馥香，星河可沾，万象澄澈，如画向观。望远山披黛，层林尽染，云开雾散，玉带飘然。独步楼台亭阁，水榭花都，看叶绿如翠，波色乍明，碧波粼浪，人笑鸟鸣，楼台相映成趣，花木接踵成茵。青青夏荷，淡雅浴香，擎盖如扇，蜂蝶翩跹，如置身画中江南，不尽逸兴，若流连星河漫天，夏风春暖。若夫细雨润江城，霁雨微凉，峰峦尽洗，皆新装如沐。晚风动清涟，水波鳞比，鱼翔浅底。

秋之凋敝，人去花落，万物流金，云卷蔽天。飒风凄厉，奔腾骤至，萧萧落木，冷暖自知。纵然其色惨淡，烟霏云敛，望秋高气爽，天街隐现。山川寂寥，其境萧条，葬花入眠，待春嫣然。此间离合星移，万象迭转，生而所逝，往复其然。流光清明，亲水澹澹，皎月如幻，霄汉可瞻。若为登高望远，千里一色，溢金百川，谷物留香，只待丰收笑颜展。

冬之晓寒，千里凄凄，白羽凡落，蜡梅独秀。是日冬初，寒渐入骨，百草凋敝，荒无人烟。远山色苍而寂静，万径人踪灭，近水冰封而尺寒，千川覆白皑。云间唯余斜阳一缕，山前零散，无暖冬日，金碧层染。雀音杳然，倦歌喧于林，人影孑立，行者归其途。唯见厚服重冠，俯首往来，低眉凝语，点头寒暄。时灯已掌，人影渐稀，夜雪封千山，推窗晓寒，屋舍戴白冠，不见栏断。袅袅半烟犹生暖，若隐村间，何人门前挂红盏，一片霜天。嗟乎，兴叹！正谓家家户户遍地连，银装素裹兆丰年。

落笔定神，思量甚念，方知越梦终醒，别离苦堪，余音未了，韶景犹见。叹星移斗转，流水东逝，岁岁消匿于无形之色。然不觉，惜时晚矣，徒余哀愁。待韶光杳无，才惊觉此间愁索。吾之人生漫漫，安否？时光飞逝，岁岁年年，不曾复往。叹人之将老，抑或忧思难忘，风景几千，唯有归念。如饮悲欢，共举韶光之迹，同沐初梦之熠。遇之相惜，得之相伴，待暮年轻拾，秉烛生风，寄情写景，再续心弦。

唐 褐釉鹦鹉杯 铜勺

人们常说征服自然，自然却从不与生命争斗。

研今 > > > > > >

大漠的礼赞 / 关于未来中国的展望，主要看气质

有个人叫苏东坡 / 老井鱼

……

武静怡

彼一如我

BI YI RU WO

大漠的礼赞

九月秋，腾格里。

一轮橘红的晚阳徐徐坠下，大片大片薄而轻的云霞稀疏地附在天穹，映着灿黄的沙海，呈现出一片瑰丽的景色。一眼望去，远处的地平线，隐约见得到随大漠晚风翻滚的沙浪。那样渺茫，可若靠近，定又是那样盛大。

未几，天便暗了些。夕阳已没入地平线大半，天穹的另一边，仿佛是混了黑墨的蓝，正一点一点地吞噬尚存的光明。风又疾了，周遭的沙丘似乎也开始缓缓移动。我坐在越野车上，轻闭了双眸，思绪随着车的颠簸渐渐飞离远去，想象着自己纵身扑向这金黄戈壁滩，一如扑向海洋的随浪涛起伏的小舟，一如随风扬起又静静落下的沙砾。渺小面对苍茫，置身其中，义无反顾。我睁开眼，最后看了看这盈目的大漠，它静默地盘踞在这里，大漠斜阳是它每日呈现给世界的宝藏，无人观赏却永恒不变。

那是我第一次去沙漠。它的壮美、它的肃穆、它的永恒，如同一块无形的烙铁，在我的脑海里烙下了铁蹄般的印记。

踏入腾格里，无边无际的灿黄沙漠，在碧朗无云的天空映衬下，耀眼璀璨。铁皮越野车的马达轰鸣，划破了这天与地恒久的寂静。大漠的远处，起伏着锯齿状的沙丘。一个又一个沙浪向前涌动着，像无形的巨手，将沙漠缓缓推动。我坐在车上，身旁是巨型轮胎扬起的漫天尘埃。越野车忽而爬高忽而俯冲，在沙丘间疾行。苍茫的大漠，生长着零星植物，偏墨色的绿，细小的叶，映着烈日，昂扬生长。

犹记得茅盾先生写过一篇《白杨礼赞》，赞美白杨在沙漠恶劣环境中的坚强勇敢。我望着满目的苍茫，和那苍茫中的星点墨绿，却未感受到生命与所谓“恶劣”沙漠间的搏斗硝烟，反而是一片苍茫的和谐。这片沙海，给予那些“经过改造”的荒漠植物一片生存的净土，融着暖烈的日光，静静地看着这些含蓄而不乏生气的生命，成长枯谢，永不停止。

想着，不知不觉中，车驶到终点。一个微疾的刹车，头触了椅背，我从“白杨”之思中惊起，随众人下了车，入目的是腾格里沙漠最美的地方——天鹅湖。那是一片带状湖泊，湖的尽头是起伏的沙丘，岸边生长着大片大片茂盛的沙枣树。粼粼的湖水折射着太阳的亮光，同映其中的，是湛蓝的天空与飘浮的白云。无风的时候，湖水便如同一块巨大的蓝色宝石，静谧，深幽。缓缓俯下身，将手插入松软微热的沙土中间，捧起一把，鼻翼间充斥着沙土的干燥气息。想着，这样的一抔沙，看似平凡无奇，却不知存在了多少年。也许它曾环绕在一株植物周围，扎根在其下面略微湿润的泥土里；也许它曾随风律动，从戈壁的这头跑到了那头。现在，它平静地、懒洋洋地躺在天鹅湖旁，被我捧起，仿佛一切都没有发生过。

一阵惊呼让我抬头，竟看见数十只白天鹅从灌木丛中呼啦啦飞起，柔羽在金黄戈壁的映衬下是那样雪白。它们落入湖中，脚掌在水里划着，羽毛顺着自己划起的涟漪轻轻抖动。它们在湖里游着，昂起细长的脖颈，发出清脆明朗的啼叫。叫声，是那样鲜活而纯粹，盖过了周围游客的欢呼，充斥着我的脑海，带来无限的震动。这永恒而静谧的大漠，看似一片荒芜死气，却因着它的辽阔与永恒，成为无数美好生物生存的净土。

平原、河流、沙漠、山峦……它们没有生命，每一种形态，都是造物主给予自然万物的珍宝。沙漠里，有烈日、有疾风、有望不尽的沙粒，可也有湖泊、生命、绿洲。人们常说征服自然，自然却从不与生命争斗，繁茂也罢，荒凉也罢，生命与自然和谐共存，是亘古不变的箴言。而这片无垠的、金黄的大漠，是自然世界中无比壮大、肃穆的存在。或许它不会为人类提供适宜的生存之地，但却是抗旱植物、迁徙候鸟生存栖息的乐园。它不是可怕的、需要战胜的，而是庄重的、值得尊敬的！

九月秋，我来到这人迹罕至的腾格里。

沙漠越野车要开了，我在车内坐定。远处是徐徐坠下的橘红的晚阳，大片大片薄而轻的云霞稀疏地附在天穹，映着那灿黄的沙海，呈现出一片瑰丽的景色。车开了，回首望了望地平线，隐约见得到随大漠晚风而翻滚的沙浪，那样渺茫，可若靠近，定又是那样盛大。

那盛大，是自然给大漠的礼赞。

关于未来中国的展望，主要看气质

最近，网络上非常流行在自拍照的下面附上一句“主要看气质”。但我知道“气质”这种东西，是需要沉淀和时间来证明的。古语有云：腹有诗书气自华。其实任何人的未来发展，都需要经过沉潜和后天的努力才能获得成功。关于未来中国的发展，也是如此。

关于未来中国的展望，主要看民族的气质。自古以来，中华民族都是勤劳、勇敢、节俭的代名词。从全球历史的发展角度来看，中国人对全世界的发展做出了巨大的贡献。如果一定要拿事实说话，就看全球华人在各个国家的分布即可。在中国，虽然社会上常会报道一些负面的个人新闻，比如某某老人碰瓷、家里钱财失窃等，但是我们不能忽视扶老人站起来的善人和失窃后及时帮助对方的诸多好人。中华民族的整体气质是勤劳勇敢的，哪个城市的发展不是靠一大帮人辛苦流汗和努力工作换来的？我们要看到这些繁华背后的人们，他们的努力和付出，这些品质才是我们中国发展所必需的。

关于未来中国的展望，主要看国家的气质。回溯之前的中国发展，我国一直处于一个沉潜阶段。从中国的改革开放、市场化经济制度的逐步确立，再到目前经济体制改革工作的落实，中国一直都在努力。我国的国家气质，努力、朴实、养精蓄锐。当前，尽管我国的社会体制还有许多的问题，比如教育、医疗、养老等，但是我们可以看见的是国家一直在努力。每年，我国都会颁布相应的教育、医疗、养老等诸多法律法规，积极调控社会的一些尖锐矛盾。比如为了缓解人口老龄化问题，国家逐步推迟退休年龄。对于一些人来说，这个政策并不是那么善解人意。但是从国家的发展角度来说，未来人均寿命延长，其创造能力的时间必然延长，否则社会的养老问题会使中国的发展陷入停滞。自从习主席主政，我国的整体政治作风和精神文明建设都逐渐向朴实方面发展，禁止奢侈作风、贪污腐败等问题。虽然在一定程度上让体制内一些员工的工作效率大幅降低，但是政府的整体风气确实改变不少。未来，政府应该全面落实廉政建设，并大幅度提升公务员的工资和福利待遇。只有公务员实际得到的与自己付出的成正比，才不会经常发生政府官员因压力大而跳楼的惨剧。

最近，新加坡同意为美国开放停机场。这其实是美国想进一步控制亚洲、遏制中国崛起的另一举措。纵观之前的政治事件，菲律宾和越南与我国南海争端等问题，其实都是在挑衅和遏制中国。不可否认，在这背后一定有政治推手，但我国的态度始终坚决：南海的主权属于中国，我们誓死捍卫。这其实也是一种养精蓄锐。

目前中国是已经睁开了眼睛的雄狮，但是它还需要储存体力。只有这样，当雄狮真正站起来的时候，它才能威风凛凛，震撼四方。

有个人叫苏东坡

苏东坡，诗人、词人、文学家，“唐宋八大家”之一，继欧阳修之后的文坛盟主，同样是书法家、画家，在政坛上也有一席之地。这是一位天才。不过鲜有人知道他哲学家的身份。如同那个时代大多数的文学家一样，他乐于注释经典，从而传达自己的思想与价值观。

笔者曾简单了解过苏东坡的哲学思想，虽然大部分没弄明白就给忘了，但这不是重点。从他的哲学思想中，我们可以看到他的精神生命。他追求世界归于“一”，能够包容百家之谈，容纳千万个奇思妙想的“一”。这很好理解，因为他自己就是这样一个与主流社会格格不入、一肚子“不合时宜”的那九十九家之外的“一”家。

他的学说从未有过北宋“新学”或南宋“理学”的痕迹，却神奇地在南北宋交替的夹缝间茁壮成长。当时的学生们竟不顾当局禁书令暗自阅读，争相传阅。

东坡之书魅力何在？吸引人的恐怕不只是他的文笔，更是他的精神。秦少游有一句评价他老师的话也许恰如其分。他说，东坡的魅力不在于他的文学艺术成就，而是他自由的灵魂。当金人铁蹄踏碎了大宋的江山，当局终于无暇顾及对学生们思想的约束，自然便解除了封印。

对于东坡自由不羁的灵魂，追根溯源，还是天性使然。他遗传了他爷爷的洒脱不羁。陪伴他整个童年的是青山绿水的眉山，这让他把对大自然的爱早早深埋心底。他的活泼好动、爱玩爱乐深深烙在灵魂深处，一辈子竟从未改变。

不过这一切都只是潜在的，任何事情的发生总得有什么东西去激发。对于东坡，这第一个触媒，便是“乌台诗案”。

黄州前的东坡，已经接过欧阳修手中文坛盟主的大旗，创作了像“明月几时有，把酒问青天”“十年生死两茫茫，不思量，自难忘”“休对故人思故国，且将新火试新茶，诗酒趁年华”等众多名篇。他的豪放词派也已崭露头角，比如“老夫聊发少年狂”等等。此时的他，想追求自由而不得，而身为儒者的责任感又让他不能抛下自己的百姓。

到任湖州两个月，轰轰烈烈的“乌台诗案”开始了。从“经查证，有两种说法，一是‘拉’，另一个是‘拿’，没有‘抓’的说法。一太守如驱鸡犬”到一百多天不分昼夜地疲劳审问，到各路老臣、朋友、兄弟、政治对手甚至太后为他求情，再到最终被弃置黄州。没有任何政治权力，没有工资，靠着只够花一年的积蓄和一片东坡一座雪堂，他就这样度过了元丰二年的坎坎坷坷，开始了黄州五年的弃置生活。

五年，政治生活一片空白。但这五年，自由的灵魂，终于被解除了封印。

当然，东坡也是人，更是有着一腔报国之志的典型儒家“士大夫”。当巨大的打击扑面而来，只要不是每天只会傻乐呵的疯子，谁的内心能没有一丝悲痛与酸楚？初到黄州的东坡写下了这样一首词：

缺月挂疏桐，漏断人初静。
谁见幽人独往来，缥缈孤鸿影。
惊起却回头，有恨无人省。
拣尽寒枝不肯栖，寂寞沙洲冷。

此时的东坡还不叫东坡，他不仅没有那一块贫瘠的东坡之地，甚至连住的地方都没有，暂时住进了寺院。这首词中的东坡，如孤鸿一般，惊魂未定，悲愤孤独。作为读者，我们就不要在这首词中大谈“旷达”了。空中下起小雨，洗净一切尘埃，路上的行人也失去了往日的从容，步履匆匆。

雨落成声，草木生长。忽然记起有一个人叫苏东坡，他行走在春寒料峭中，长啸着，烟雨空蒙。

我情愿以“有个人叫苏东坡”这样陌生的态度，去隔开往日的熟悉，创造一种千山万水人犹在的距离。

有个人叫苏东坡，年少，他毅然背起青春的行囊，愈行愈远，离开了故乡，以“一曲当时动帝王”之势，骄傲地告诉每一个人——天，要变了。看着他的背影，清俊而充满朝气，这是我第一次相信老天有眼，文曲星真的会降临。所以，纵使知道未来有多大的风浪，我也不忍挽留。有个人叫苏东坡，中年，他把万水千山都走尽了，把酸甜苦辣都尝遍了，不经意间，沾染了几缕沧桑。他终是明白树大招风，自身太耀眼的光芒会刺伤别人。于是，他开始收敛，成熟了，成熟于寂灭之后的再生。

我曾以为他只有“老夫聊发少年狂”的豪情，不想他也有“十年生死两茫茫”的思念；曾只见他“千钟美酒，一曲满庭芳”的优哉，不想他也会有像孩子般的牢骚。我只愿他为文饰地，把酒谢天，但往往不如所愿。

于是，他开始书写他大江东去的时代！他不轻浮，不张狂，也不惶恐绝望。他潇洒了，豁达了，变得飘逸轻灵，却依然带着烟火气，囊括了这个世界的所有温暖。他在参禅，参的就是一颗静寂的心。

他开始让人仰望，开始刚毅，变成一座山。

有个人叫苏东坡，他也会老，没有了激扬文字的欲望，他自己也写道“心似已灰之木，身如不系之舟”。是啊，他真的累了，他在想什么？想他某年某月某日喝了多少酒？想他流过多少泪？

这六十几年来，他走过无数路，遇到无数人，当他走进来时，是“当局者迷”；而当遇见的人一个个走出去，他悟到空才是世界的本质。他的背影，瘦削，却依旧挺拔。

他不刻意为文，却名垂千古；不刻意为人，却名重九州。他是子瞻，是东坡，是苏轼。抛去所有的光环，他的生活其实很平淡，而这个苏东坡是更加亲近的一个，这就够了。

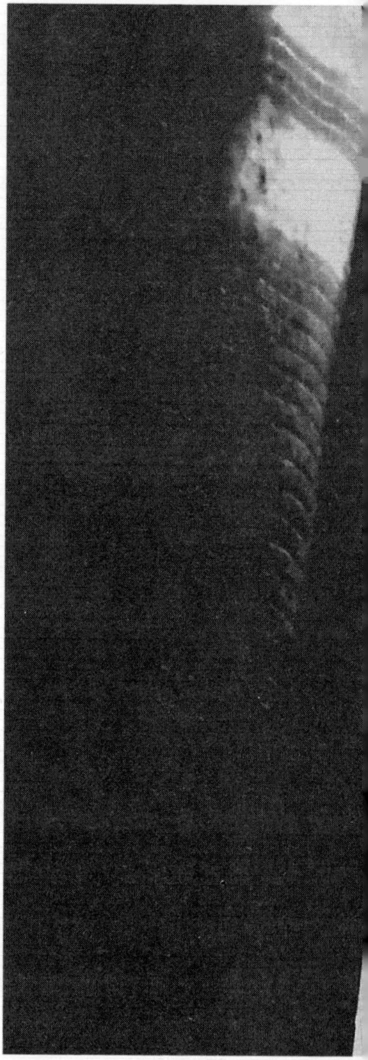

·他不刻意为文，却名垂千古；不刻意为人，却名重九州。他是子瞻，是东坡，是苏轼，抛去所有的光环，他的生活其实很平淡，而这个苏东坡是更加亲近的一个，这就够了。

老井鱼

我是井里唯一的一条鱼，一条听得懂人话的鱼。

我已记不清在这口井里生活了多少年，但我知道自己送走了无数个到井边打水的人，听过无数人的说笑声。于是，渐渐地，我听懂了人的话。

井很窄，却是我的整个世界。漆黑的井壁爬满青苔，听人说青苔软绵绵的，可我从未碰过它们，因为我一刻也离不开水。井水就像我的体温，凉凉的，翡翠般透彻。我可以清晰地看到水里静谧祥和的景色，只要我的尾巴轻轻一甩，水中的草就摇摆起曼妙的身姿，跳起美妙的舞，这让我百看不厌。井底形态各异的石头更是我天然的游乐园。我像个孩子，每天都在里面自由穿梭，好不快活！

很多看过我的人都说，我全身的鳞片闪着迷人的金光，阳光一照到水面，它们显得如金子般高贵。人常赞叹："井里那条鱼真美！"

于是，我经常浮游在水面，将我的美丽与高贵丝毫不吝啬地与人分享。当人打水的桶"哗"地打向水面时，我便如烟般迅速消失在水面，躲在黑暗的角落望着水面泛开的涟漪，开心地展颜。

只是，这些打水声只存在于我久远的记忆中，有时候让我怀疑是自己的幻想。现在的我每天都慢悠悠地在井里游走，一圈一圈又一圈，周围静得只剩下我偶尔吐泡的声音。

我想，可能是我太老了，鳞片上的金光已经隐去，才引不来人的关注。但偶然的一天，我听到在井边纳凉的老人说："村里都有自来水咯，这井，也荒了。"

我恍然大悟，人不再依赖井水生活了，就像我的子孙，不再像我一样迷恋这井水的清凉透彻，他们都顺着井里一条幽深的暗道游走了，游到外面更广阔的水域。

我是讨厌这条暗道的。它像一只发着幽光的鬼眼，把井里的鱼都吸走了，只留下我已残破的身子，守着这口我们祖祖辈辈生活了好多年的井。虽说讨厌，但我又不得不依赖它。它总是不分昼夜地冒着源源不断的水，不然这口井早枯了，我也早就死了。

记得我还是一条小幼鱼的时候，有一年大旱，井枯了。我眼睁睁看着鱼一条一条地在我眼前翻起白眼，翻身，然后死去。我很害怕。我游到暗道口上，那儿有一个小小的水涡，水凉凉的，带着深深的寒意渗入我幼小的身子。我发着抖，颤抖的尾巴划出来的水花亦是很难看。

井快枯了，人怎么生活？我想得昏沉沉的，没有注意暗道里涌出来的是泉水。我年幼的身体被轻轻一撞，跟着被卷到没有水的尖石上。

我颤抖着，剧烈地摇晃身体，却无济于事。石头尖锐的棱角在我的身上划开一道口子，我几片金光闪闪的鳞片被狠狠地扯下，红色的血，如水般凉透我的心。

我想，我一定快死了。没有水，鱼怎么活？

突然，我敏锐地察觉到从井上传来的“咝咝”声响。

不久，一条如蛇般细长的绳伸到了井底，绳头轻摇像是蛇头在探索盘绕的猎物。

我知道有人要下井打水了。果然，不一会儿，一个腰上绑着水桶的小男孩就利索地沿着绳子滑到井底。我看到他环视四周后紧蹙眉头，喃喃自语："鱼儿都死光了，这该死的干旱。"

他一回头，好像看到万般挣扎的我，眼里放出一道亮光，迈着小心的步伐朝我走来。

我看到小男孩眼里的光，心头涌上一阵恐慌，更加剧烈地摇晃身子，挣扎着，想一跃回到水涡，耳旁不断回响爷爷曾说过的话："落到人的手里，我们不是成为桌上美食便是缸里玩物。"

小男孩丝毫感觉不到我的恐惧，小心翼翼地捧起我，心疼似的摸摸我还在流血的伤口，低声说："乖，我送你回家。你的鳞片好美啊，是金色的。"

他没有食言，把我轻轻地放在水里。一碰到水，我僵硬的身子慢慢舒缓了过来。我努力睁开疲惫的眼睛，端详他。他大大的眼睛像井水般清澈，稚嫩的脸上荡漾浅浅的笑，宛若二月春风，轻轻一拂，暖意沁心。他唯一的缺陷是额头上显眼的黑色胎记，可是在光线很暗的井底，并不显丑，反而与井底的一切构成一幅和谐的画。

我游到一个角落，静静地观察着小男孩的一举一动。他动作利索，从井底向上一跃，便不见了。

那件小事

昨夜卧听风吹雨，铁马冰河入梦来。

不过是个边陲小城，地狭，人稀。每天有大烟囱里冒出的浓烟肆意吞噬着天边的最后一丝红霞。当然，记忆中，一同被吞噬的还有肩上搭着汗巾的挖煤工人。

这于我是陌生的。母亲带着我不远万里跨过半个中国，呼吸着北方干燥的空气，只为了与她见一面，仅此而已。这不禁让我的好奇心被无限放大。

好奇心膨胀得快，消散得也快。

很快，我们便到了那栋小平房。残损的墙皮，斜靠在篱笆一边的农具，没有生气。

“吱——”我们小心翼翼地推开生锈的已成青铜色的门，一位老人安静地坐在里面。她置身于一片幽暗中，旁边放了一杯茶，徐徐地冒着热气。她抬头，浑浊的眼里没有映出我的身影，相顾无言。

最后，打破宁静的是我。我轻声叫了一句：“太姥姥。”她毫无反应，母亲掐着我的手说：“大声点，太姥姥耳朵不好。”我释然，大声地又喊了一次。

她眼里的雾气方才散了，瞳孔有了焦距，站起来，高而嶙峋，随后迈过一道斜阳，走向我。

她身上有股好闻的皂角味，干净而温暖，随门口锅灶里的烟草味一起晕在空气里。她抚摸着我的脸，轻唤我的名字，有种浓重的山东口音，让我难以辨析，只依稀听懂她说的几个“好啊”“真好啊”。她边说眼里还滚落出泪珠，滴在我手背，滚烫得几欲灼烧。

之后，都是母亲扶着她嘘寒问暖，我只是坐在一旁，偶尔附和，她脸上的皱褶却笑成一团了。

走之前她给了我一个拥抱，我能感受到她全身都在颤抖。那颤抖像是一种诉说，又像是一种哭泣，漫延出无数的怅然，直抵一个孩子的灵魂。我感觉有什么东西破壳而出。

我摸到了脸上的泪痕。

那件小事我记了很久，记到现在我仍感到费解，我当时到底是为什么而哭呢？我想这份情感最终会被浓缩成血脉中流动的亲情，随着她的鲜活和凋零，在这世上盈盈浮动……

铁马是你，冰河亦是你。

2325

千年女尸不腐，幸还是不幸

古往今来，人们对于长生不老的追求就从来没有断过。中国的秦始皇为了追求长生不老的丹药，派遣徐福出海去寻找仙药；埃及的法老王，为了追求永生，将自己的尸体做成木乃伊，内脏分别风干放入容器中，追求所谓的灵魂永生。说到底，这都是出于我们对死亡的畏惧，对生的追求。如果能够永世地统治着一个国家，这便是帝王最为成功的人生。

然而，当我们真正面对死亡的时候，那些追求也都成了空想，生命的逝去最终是归于尘土。我从尘土中而来，就要尘归大地。这是自然的法则，也是天地之规律。但即使知道自己将要离去，如果能够再苟延残喘地活着，我们也会去争取。无论遭受怎样的折磨，我们也都会去尝试，这便是好死不如赖活着吧。这让我想起了最近的魏则西之死，当然事件背后所反映的现象与本文无关，但却都是表现出了我们对生存的渴望和追求，这是无可厚非的。即使是我，在面对疾病时，我也会想尽办法地让自己赶快痊愈，没有谁能够从容地面对死亡，因为对死亡的恐惧是人的本能。

不过我所好奇的是，如果你已经死了，灵魂已经离开了肉体，消散于无尽虚无中，你怎么看待自己的尸体？比如马王堆出土的千年女尸，已经时隔两千多年了，尸体依旧保存完好如初。现在她被人展出在湖南省博物馆，并作为该馆的镇馆之宝，每天都有成千上万的人来参观研究。如果你是那具女尸，你觉得自己千年不腐，是幸还是不幸呢？

在此之前，我们先来简单介绍一下这女尸。她名叫辛追，是公元前3世纪至公元前186年之人，于1972年出土于长沙市东郊浏阳河旁的马王堆1号墓。辛追是长沙国丞相利苍的妻子，育有一子利豨。她死于公元前186年，享年50岁。我们都知道，木乃伊是非常有名的，它是尸体保存的一种形式。除此之外，还有鞣尸、冰尸、湿尸。其中，湿尸是尸体保存最好的一种处理方式，不过湿尸的形成条件非常苛刻。马王堆出土的千年女尸就是湿尸，时逾2100多年。她形体完整，全身润泽，皮肤覆盖完整，毛发尚在，指、趾纹路清晰，肌肉尚有弹性，部分关节可以活动，与新鲜尸体相似。这是世界上保存最好的湿尸，也是表现中国汉朝上层社会文化、生活的见证。这不禁令我们好奇，她能够这样保存下来的主要原因是什么呢？

这主要是因为女尸长年浸泡在红色的液体中。当时其在出土时，棺椁内部都是红色的液体。这种液体里面含有朱砂，并且还有大量的汞和砷，以及一些中药成分。这些棺液混合在一起具有杀菌作用，可以保证尸体不腐。当然，这只是其中一个主要的因素，辛追汉墓的密封和深埋也是非常重要的。其棺椁一共有六层，里外各三层，一个套一个。每一个棺椁的重量和密封效果都是绝佳的，并且棺椁内外都涂有油漆，棺椁外面都用白膏泥密封。在墓室的最外层还用了5000多公斤木炭进行填埋，深达26米，这些都保证了尸体处于一个完全密封且相对干燥的环境。

其次，尸体在掩埋前，已经进行了处理——杀菌消毒，比如七窍灌酒，衣物进行酒精喷洒处理。七窍灌酒就是将人的眼、耳、鼻、口、肛门、舌、尿道这七个地方堵住，然后用纯度较高的烧酒对其灌注，以此达到杀菌消毒的作用。死者所穿的衣物也经过酒精消毒处理，因此尸体在密封之前就缺少了相应分解尸体的细菌和病毒。我们先前就讲述过古人自古以来就对长生不老有着相应的追求，在汉代也是如此。一些帝王和权贵，对长生都有着超乎寻常的执着。汉代特有的金缕玉衣，就是汉代皇帝和高级贵族为了防止自己的精气外泄，保证尸体不腐的重要工具。当时在汉朝，服食丹药也是追求长生不老的主要途径之一。这种丹药其实就是朱砂，即硫化汞。这种物质对人体是非常有害的，但是它却有分解酶的作用，能保证尸体的完好性，再加上棺椁内大量的香料，这些东西加在一起也可以起到杀菌的作用。

这个世上所有东西的存在都有其必然性，比如这具千年女尸的不腐。我觉得正是因为这些所有的必然因素结合天时、地利、人和，所以千年女尸才能保存至今。

读《拿破仑传》有感

对于拿破仑这三个字，既熟悉又陌生。熟悉，在于这如雷贯耳的名字，以及教科书上的短篇描写；陌生，在于从未真正意义上了解此人，关于他的一生仅仅是从几篇简短的故事中了解。直到阅读《拿破仑传》，我才真正意义上接触了这位法兰西第一帝国的国王，逐渐了解了他这一生的辉煌与落寞，也明白他这一生的骄傲与苦楚。

拿破仑的一生是传奇的一生。翻开这本埃米尔·路德维希所著的《拿破仑传》，扑面而来的是一股沙尘的味道，好像置身于腥风血雨的战场。全书描绘了拿破仑叱咤风云的一生，以及他所领导的最为重要最为著名的战役。在阅读这些章节时仿佛眼前有着真实的画面：矮小的拿破仑手握缰绳，双脚一蹬，大喝一声冲向敌军，耳边似乎有风吹过，那风带着尘土味，带着血腥味，也夹杂着无限的骄傲和自豪。可以感受到作者在书写这些画面时，内心是多么激动又是多么崇拜。

拿破仑一生最为杰出之处便是他领导参与的战役。从第一次的远征战役，到后来著名的马伦哥战役，无不彰显出拿破仑在军事上卓越的领导能力。全书把拿破仑在各种战役上惊心动魄的场面描绘得非常仔细："拿破仑浑身湿透、满身泥浆地回到了萨克森王宫。只见雨水顺着他的衣襟灌满了他的皮靴，那顶海狸皮帽被雨水浸湿耷拉在脑袋上，甚至连腰间的皮带也吸足了水分。"简短的几句话，描述出拿破仑在战场上厮杀的样子。

很多人都认为拿破仑是一个暴君。曾经在我的印象中，他也大抵是这样一个人。但是阅读完这本书，我才明白，他不是一个暴君，他只是被他的雄心和幻想而控制。不过正是因为他的雄心和幻想才成就了他。如果没有雄心，他怎么会五破反法联盟？如果没有幻想，怎么会去建立这法兰西第一帝国？在历史的长河中，没有人会记住他颓败的样子。无论是后来的流放，又或者是死亡，都无法掩盖他数十年在战场上挥洒热血的样子。他的一生几乎都交给了战场，可以说是真的戎马一生，一生都是在战斗的征途中。

合上这本书，我仿佛还能看见这个矮个子帝王，面对众多将士说出的豪言壮语："'不可能'这句话，是懦弱者的幻影，是胆怯者的隐身符。拥有权力者如果说这句话，等于承认自己的无能。"这句话如同魔咒一样深深地刻在我的脑海里。透过这句话，可见拿破仑一生的成功与他对自我的严格要求是密不可分的。

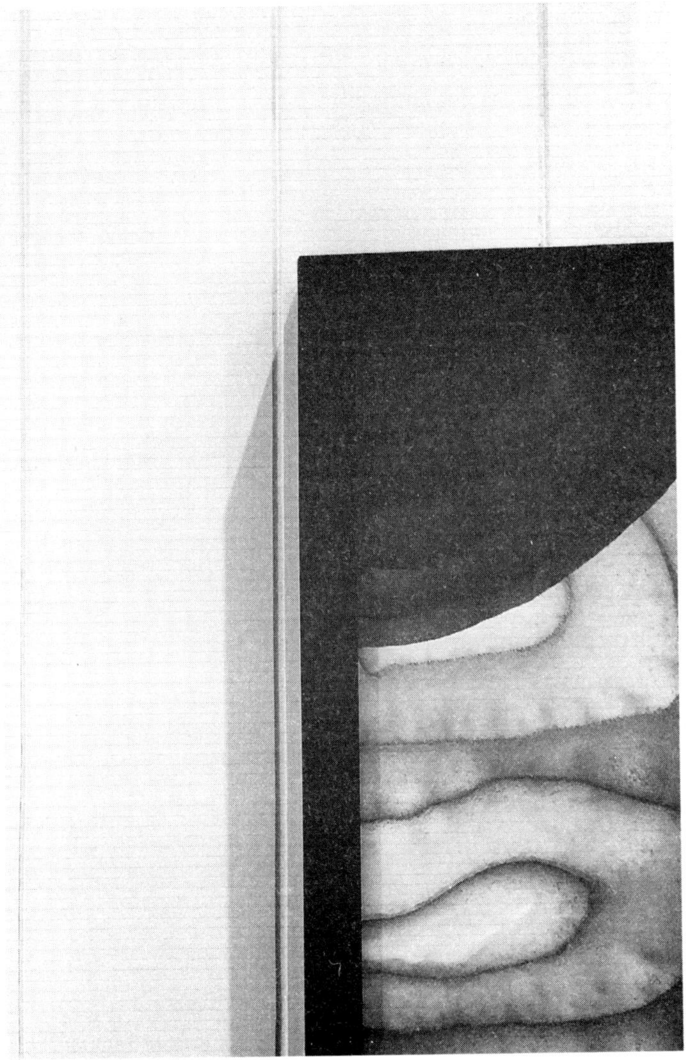

如果时光不说话

我什么都没有忘，但是有些事只适合收藏，不能说，不能想，也不能放。

我做过一个冗长的梦。

在木心之前，在茅盾之前，在那及第的六十四人之前，我看见最真淳的乌镇……

她有高高的屋檐，黑黑的窗棂，破落的鱼鳞瓦，长长的青石路，窄窄的街道。那狭不盈丈的流水，似丝绳，穿起了一座座石桥；似绵掌，捧出一条条咿呀的乌篷船，摇摇晃晃地穿过桥洞。

任杂沓的足音清晰了又模糊，纵惊喜的目光凝固了又迷离。如果时光不说话，我愿用我有生的两万多天去见证她的酣梦。

她还有纯朴的人们。在水边常能看见汲水或浣衣的妇人，她们口里念着方言，虽听不懂，却有着四月春风里的温柔。白发苍苍的老人，坐在自家的木板门后，小口小口地抿着早饭。那间青瓦白墙的书堂传出抑扬顿挫的诵读声。

如果时光不说话，现在那书堂会不会紧闭着门扉，迁出的那些人是否还能像曾经那样?

它记载了太多太多。在这儿，你似乎总能找到万事万物的影子。

透过洞敞的门扉，我看见似曾相识的八仙桌，冒出水蒸气的木质锅盖和应该被叫作灶王爷的神像。迈过高高的门槛，走进前店后坊的酒馆，我闻到手工酿制的三白酒的余香。轻轻抚摸木头做的织布机，我仿佛听见木兰隔着时空声声无奈的叹息。碰一碰小饭馆曲尺形的柜台，那是身着破烂长衫的孔乙己正排出九文大钱吗?试试蓝色暗纹的旗袍，我不禁疑惑我是谁。刹那间，穿越万水千山，人犹在。磨铜镜的师傅衔着烟卷，眼睛眯着，神情一如既往地专注。在牛角梳上雕花的大姐不时地仰仰脖子，看天上的浮云。画坊里画团扇的画工见我欣赏他的手艺，便热情地赠予我一把……而位于东栅口的林家铺子已不是当年的样子，那深谙生存之道的店主林先生使出全身解数，仍没能摆脱倒闭逃跑的命运。

我在哪个年代？我刚刚所见所想不过是虚幻罢了。

如果时光不说话，这些物件会不会没有被搬走，只是安静地放在这儿，和许多年前一样？如果时光不说话，现在是否还有那么多挂着古色古香的牌匾却已不复当年的纪念品商店？

她是如诗一般的地方。不是唐诗宋词，而是更直白的《诗经》，穿越几千年的时空，迢遥地，在你耳畔轻轻地吟哦。你的足音每次踏响都会收到清脆的回音，而你的呼吸有如潮汐。

如果时光不说话，我们是否可以更用心地感受她，而不是用一张单纯的照片记起她？

我曾经做过一个冗长的梦。

现在我醒了，她却只能长留在我的记忆中。

“你的眉目笑语使我病了一场，热势退尽，留下我寂寞的健康。”如果时光不说话，如果乌镇一直都只是她自己，该有多好……

桃之夭夭

我喜欢桃花，一簇是惊艳，一朵是娇俏。

念

小时候，她是我舌尖那份美丽的念想，天真烂漫，粉红的瓣，黄色的蕊，有着“乱花渐欲迷人眼”一般的摇曳生姿，香而不浓，甜而不腻。它的颜色也是饱胀的，像马上就要开裂一般，指尖轻轻地一触，就能滴出粉红色的水。我天真地想，那水，也必定是甜甜的，有着糖果的味道。

赏

渐渐地，我长大了，她成了我眼中多变的风情。“浓妆淡抹总相宜”，妩媚多姿却不失清雅动人，极静又极动。杜甫诗云：“桃花一簇开无主，可爱深红爱浅红。”除了万亩桃花红霞一片、依云而开之外，更有“夹岸桃花蘸水开”的奇景。若是悬崖峭壁之上，猛然瞥见一树桃花，那更是一种惊艳。她就这样，轻盈地开在每一个地方，带着一股狂热与疯狂。她在初春的大地上燃烧自己，拼了命地燃烧。我想再没有哪朵花能像她这样，努力地绽放，努力地耗尽自己的生命。

胡兰成说：“桃花难画，因要画得她静。”桃花，其实不同于花开的热烈，她是冷的，冷到骨子里，化成了深深的寂寞。不同于罂粟致命的妖艳，她的冷总会在罅隙里透出些光亮，让人沉迷，不愿醒来。

“人面不知何处去，桃花依旧笑春风。”桃花，开过了千百年，从没有老去。黛玉葬的花是红色的，她吐在手帕上的血也是红色的，它们都一样红艳，一样寂寞。

桃花，是落入红尘不食人间烟火的仙子，我一直都知道。

我突然明白，人只有将寂寞坐断，才能重拾喧嚣。

我最美的音乐

孑然一身倚轩窗，听雨静心，听我最爱的音乐。

起初，一滴，两滴，细若牛毛。

后来，五点，六点，大如豆粒。

“淅沥沥……”蓦然，如“满城尽带黄金甲”之势，如“春潮带雨晚来急”之势，如出鞘的宝剑般锋芒毕露，叱咤风云。悠然，则如杜工部“林花著雨胭脂湿”之姿，有“天街小雨润如酥”之态，如天边的仙女一舞长长的水袖，娇柔多情，媚态横生。

有时有如古曲一般地沉静，使人想起多少文人雅士在其中叹息“悲哉……”仿佛跨越万水千山，将这一切的一切，用声音告诉我。抑或是黛玉前世今生的一滴泪，滴在历史的脉搏中，发出清脆的声响。

如此多样、多姿、多情的音乐，如此绕梁三尺、跨越时代的音乐，怎不是我最爱的音乐？

“滴答……”雨在浸润每一个人的心，它在同万物轻轻地说思念与哀愁，说世界和人生。那是怎样的一种声音啊！“沙沙，沙沙”，它对树木说话，于是树木随着它摇摆了起来。“沙沙，沙沙”“滴滴，滴滴……”它在对花草说话，不管是艳丽的牡丹，还是不出名的小花小草，都努力地绽放，诠释着什么叫“百花齐放”。“啪啪”，它在调皮地推醒一只躺在颓唐断墙下的花猫，旁边的牵牛花开得浓青艳紫，花猫不在意地伸了伸懒腰。

它对物体说话。晚间的灯箱因它而胡乱地扫射着婆娑的树枝，又照在一面工地的墙上，就像罗密欧对朱丽叶低唱情歌的那个阳台。最后它带着全世界的美好向我说话，听着听着，我的心感到从未有过的柔软和纯净。

所有的东西都在它的话语中澄澈，这何尝不能是我最爱的音乐？

我想，最美的，我最爱的，不是它或“沙沙”或“滴滴”的雨声，而是它透着的真实和美好。它热爱并尊重每一个生命，在它面前都是最美的姿态。

我不做诗人，也不做高僧，只在这诗酒年华里，该动时动，该静时静，闲来听雨，听我最爱的音乐……

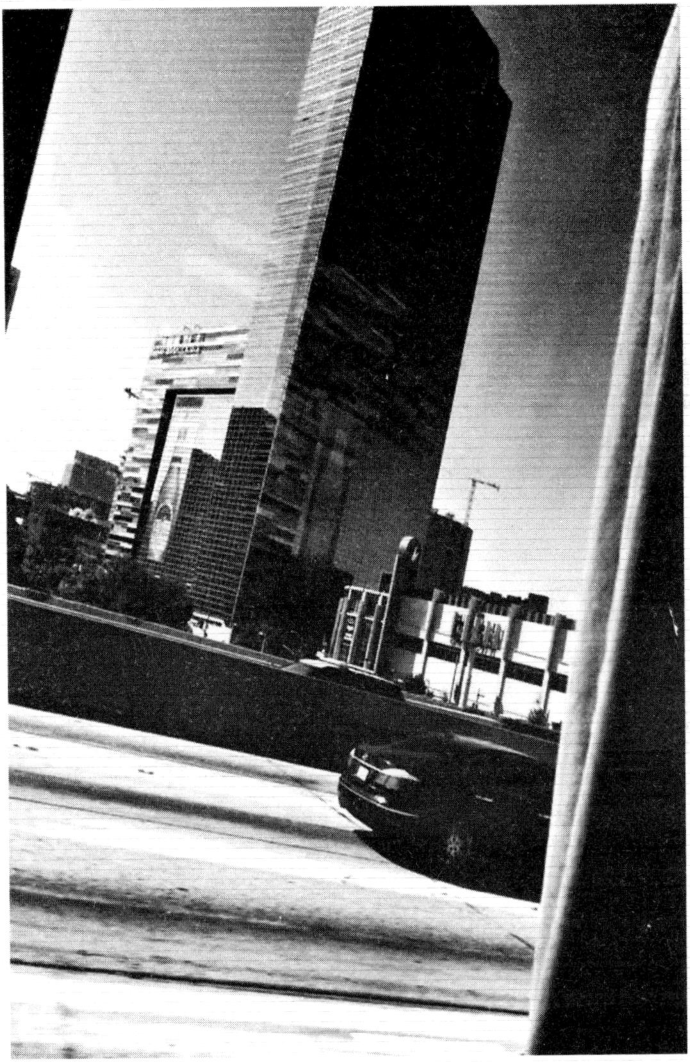

传媒的力量

培训终于结束了，我算是松了一口气，现在我已经离开了纽约，坐在飞机上回忆过去的这十天。

我是冲着那些噱头来参加培训的，什么艾美奖和普利策奖，嗯，都是大奖。对于这些奖项，其实我也没有那么强烈的感受，更不知该如何才能拿到。这种迷茫有点像我于传媒的迷茫，有不少人知道我的终极目标是去哥大学传媒，但我对剪辑混音种种一窍不通，摄影不过半吊子新手，对拍电影找人物镜头之类的也属于只吃过猪肉系列。

我想学传媒的理由，只是因为我喜欢写作，一如既往地喜欢。我希望自己足够幸运,能够把一直喜欢的东西当作工作。

不论是抱着期望也好,还是说真正想学一些东西也好,反正我都来了。

在此,我特意想就三个方面的内容,与各位同龄朋友做一次交流。

一、关于我们的电影拍摄

一开始讨论大纲的时候,就出现了很有趣的一幕,三个组的电影结局都是遭受了来自社会的各种压力,主人公全都自杀了。我们组拍的是一个海外留学生遭受种种非人待遇的故事,除了我以外的所有人似乎都觉得这个故事很棒,认为很能引起共鸣,就像之前很火的那个“西红柿炒蛋”广告一样,并且能为自己的出国留学素材加上强有力的一笔。其实,我有自己的想法,构思有一个特别疯狂的剧本,可惜没能说服大家,我也不擅长谈判,在五人小组中其他四个人都强烈赞同的情况下,我尽管作为编剧,也只能作罢。

先来聊聊我们的剧本吧。剧本确实不咋地，一个脆弱的玻璃心留学少年在来到纽约以后度过了非常悲伤的一天，因为老师不愿意解决他的问题，问路被路人骂，喜欢的女孩子也拒绝了他，于是他跳桥了。我当时看着他们最终改出来的大纲时内心满满绝望，这是一群没有经历过痛苦的人在表达痛苦。他们心里，作为一个悲剧，一个十分痛苦的悲剧，其结局就是自杀。

但是最后我还是与小组成员和解了，不是因为剧本，尽管我对于这个剧本还是实打实地嫌弃，而是因为大家为了这部电影一起做的努力。纽约那几天天气都不好，阴沉沉的，我们几乎都是在雨中拍摄的。尤其是在布鲁克林大桥，突然下起了暴雨，只有一把伞，还没有躲雨的地方。大家意见很一致，唯一的一把伞打在了摄像机上头，其他的人都在雨中淋得浇湿，我这个本身就感冒了的人，回去以后更严重了。组里给电影亲手做背景音乐的敬业剪辑，一整夜没睡；作为业余字幕翻译，那天早中晚饭也都没吃，直到饿得发昏；负责校对视频的导演和后期，一直忙到半夜。我可以感觉到所有人都很努力，虽然一开始有分歧、有不和，虽然电影最后拍出来也不是很尽如人意。但是每个人都有第一次，当我们坐在一起看完七分钟的全片以后，每个人都感觉松了一口气，大家都笑了。

我说："干得漂亮。"

二、关于 Jerome

在这里我要特地提起 Jerome，因为他真的值得我们大赞，我真的非常喜欢他。他很厉害，是《老友记》的编剧，得过两次艾美奖，但他一点架子也没有。从第一天起，我就开始喜欢他。当时我感冒挺严重的，刚刚退烧，一直擤鼻涕、咳嗽，只有他在下课了以后走过来问我："你感冒了吗？"我说"有点"。他笑了笑，说祝我早日康复。

还有一次，他看见我在草稿本上抄诗，他说："Very good handwriting."然后他问我想不想做一名编剧，我说："Sure."他说，非常棒。

非常 nice 的一个人。他不仅有极强的专业素养，下课还请我们去吃 pizza，给我们每个人都送了一个小礼物。但这些不是我对他印象最深的地方，我在这篇文章里一定一定要特意提起他的原因是因为他改变了我。

参加这么多活动，他是我见过的最用心的老师。我上课不喜欢发言，有很多厉害的同学会和他侃侃而谈，一般的老师都是只会记住比较活跃的那几个。他不一样，我以为他永远不会记住我这样沉默的人，他却在最后拍照的时候说："Suzette，I like your shoes."

做完最后的presentation的那一天，我递交给他一封信，有一张是我手抄的自己写的一篇古文，还有一份是我上文提到的那个非常疯狂的剧本，关于反乌托邦主义的。我说我能跟他谈谈吗，只要五分钟。我真的很喜欢这个剧本，这是我一开始想拍的东西。他说他现在临时有事不得不走了。我很失望。但是他又接着说，他结束后会于晚上十点到酒店大堂来找我和我见一面。其实他本不必这样做的。活动已经结束了，我只是一个名不见经传的高中生，他可以忽略的。就凭他愿意专门为我在深夜留一个小时来给我讲我的剧本，我就已经非常感动。

十点我准时赴约，他已经坐在酒店大堂了。他很激动，说我的剧本 so brilliant。如此高的评价让我无福消受。他说他见过很多人，从来没有谁写出过这样的剧本来。然后他递给我一份我写的剧本的复印本，上面满满都是批注。他很开心，从他发光的眼睛里看得出来，我想也许他真的挺喜欢我的剧本。我们一起坐在那里讨论了很久，一直聊到十二点。我们不仅聊了剧本，还聊了我们互相喜欢的音乐、电影，还有我的理想。

他看着我的眼睛，说："Suzette，你不要害羞，你很敏锐，很有天赋，请一直坚持下去，坚持写作，不断修改你的作品，就像海明威一样。你要相信，有些事情，只有你，只有你能办到。我会永远保存你的礼物的。"

我们还一起拍了一张合照。他请别人拍照的时候说："我亲爱的小朋友就要回中国了，我很难过。"是的，我们不仅是师生，还是好朋友，很好的朋友，虽然只在一起相处了十天不到，但，酒逢知己千杯少。

走之前，他拥抱了我，说："如果你来了哥大，一定要给我打电话。"

同时，我收到了来自 Jerome 的小礼物，一组他亲手画的棒球运动员的漫画，还有一封推荐信。我原来是抱着拿推荐信的心思来的，但我经历了比拿推荐信更为开心的事，那就是与 Jerome 成为忘年交。

他背起他的包，走出了酒店大门，忽然我的眼睛就湿润了，我觉得他像我的亲人一样。如果要我对他给一个评价，那就是他是一个非常平易近人的老顽童，是那么睿智、风趣而又是那么谦逊。

他同我挥手，说："我会想念你的，我的好朋友，别忘了我，保持联系。"

我说："我也一样，很高兴认识你。下一次，好莱坞见。"

三、关于传媒

在这次留学活动中，我还知道了《纽约时报》那个关于美甲店的报道的全过程。他们一共走访了两百多家美甲店，里面的美甲店员都有悲惨的人生，他们几乎每天工作都超过十二小时，一周只有半天休息，一个小时却只能拿三美金……他们将这些都报道了出来。当时引起了外界很多的关注，世界上有超过四百家媒体转载了这篇文章。纽约市政府当时就成立了一个调查小组，查出来有一千多家美甲店违法运营，不久以后就出台了一项法律，被要求贴在每个美甲沙龙的前台，这些悲惨的美甲师由政府培训，考了专业证书，雇主还需要给他们买保险，缩短他们的工作时间并且增加他们每小时工作的薪资。

这就是传媒的力量。传媒真的可以改变人，改变这个世界。我最开始想学习传媒不过单纯想去写作，现在我还觉得想用传媒去帮助我现在想帮助却无力帮助的人，用一支笔去刺破世界的黑色地带，去除腥风血雨，迎来阳光普照。

我想起鲁迅先生的话，用在这里："愿中国青年都摆脱冷气，只是向上走，不必听自暴自弃者之流的话。能做事的做事，能发生的发生。有一分热，发一分光，就令萤火一般，也可以在黑暗中发一点光，不必等候炬火，如此后竟没有炬火，我便是唯一的光。"

当我走进 NBC，看着那栋大楼，里面在工作室或者是录播室忙碌的人们，听到高跟鞋"嗒嗒嗒"清脆碰撞地板的声音，看见里头墙两侧陈列着无数前辈的照片；当我听着这几天的几位经验丰富的导师说起他们在《纽约时报》或是好莱坞工作的故事，我看见这些传媒工作者眼里璀璨的光芒，我知道我沦陷了，我想加入他们的行列。我想成为和他们一样的人。

鱼鳞瓦屋檐下的时光，温暖地陪伴着我，一年又一年。

载道 > > > > > >

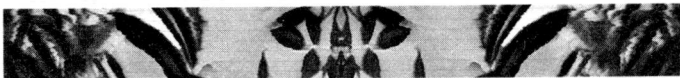

鱼鳞瓦屋下的时光 / 我给自己写封信

记忆中的那曾经 / 温暖的时光

……

武静怡

彼一如我

BI YI RU WO

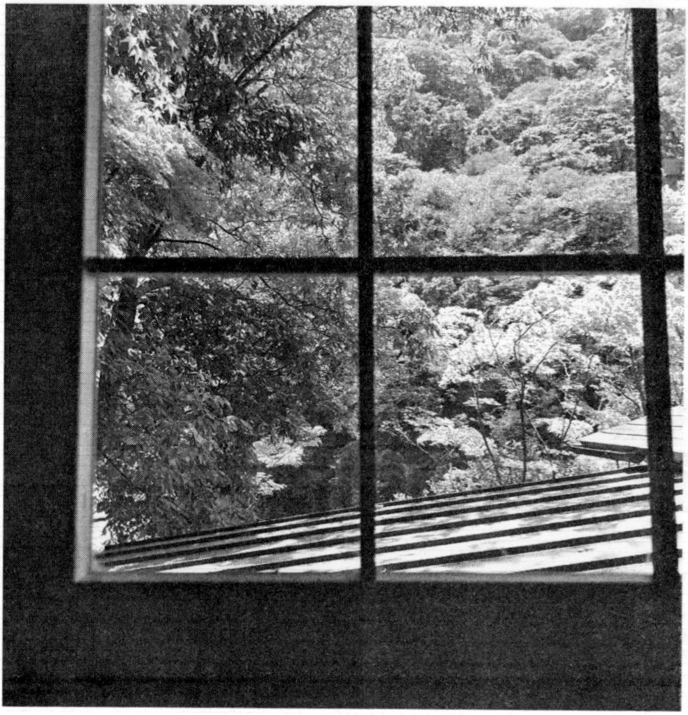

鱼鳞瓦屋下的时光

墙角的青苔入镜，跳接檐下的风铃。回忆是一道道下落的风景，我听见远方亲切而渺小的呼唤。

太姥爷家有两块地，他像对待宝贝般给它们围上低矮的篱笆。篱笆外种着一棵枣树，它粗壮的枝干兀自温柔地抱着一个小小的鸟巢，在油绿的叶片中若隐若现。我喜欢靠在枣树旁边，听屋里老旧的收音机断断续续地放着京剧，心里装着小桥流水，远山如黛。

园子里还有几株矮小的植物，据说叫黑夭夭。它们结出的果子小小的，呈深紫色，摘了又生，生了又摘。我尤其喜欢吃，一咬，一股清新的甜意就弥漫在舌尖。这就是儿时，有暖暖的阳光和甜甜的味道。

秋天，果实都成熟了。天空是湛蓝的，明净且澄澈。太姥爷弯着腰摘下那一列列整齐的黄瓜、柿子……他从中挑出一个红红的柿子，擦了擦，递给我，我接着就咬了一口。他笑着问我："甜不甜?"我用力地点头。他呵呵地笑着，用厚实粗糙的大掌摸了摸我的头，又继续忙碌。

夏天，应是最闲的时候。这里不比南方的炎热，太阳并不刺眼。我待在园子外面，看着对面抽烟的大爷，听着他在淡淡的烟气中哼着不成调也没有歌词的小曲。他抽完了就扔在地上，用他穿的那双极其不考究的脏皮鞋踩两下，背着手大步走开了，只剩下那根再短一点就要点着手的烟闪了两下火光，然后灭了。

隔壁那家种了梨树，四五月份会开白色的花。早上挂着露水，如美人般惹人垂怜。每一簇梨花三三两两地，聚在一起，彼此都留有空间。花瓣虽然不光滑有些褶皱，但不失高贵，不张扬地散发出淡淡的香气。

春天，是容易下雨的。雨滴打在那些瓦片上，叮叮咚咚的。我蹲在门口的台阶上，从檐上落下的水珠沾湿了我的发梢，感到有点凉。

鱼鳞瓦屋檐下的时光，温暖地陪伴着我，一年又一年。

我给自己写封信

她觉得好难得，才可以跟你创造一种千山万水人犹在的距离，花非花，雾非雾。

她先简短地谈谈她自己，也就是曾经的你。

她，不喜欢一个人。可是有时候她却觉得孤独得无可救药。像多年的流浪者，栖息在衰草丛生的原野；像和十个在春天里苏醒的海子一般，长歌当哭；又或者醉在清晨大雨瓢泼的池塘，和许多个刚出生的衣冠楚楚的萤火蜉蝣般，朝生暮死；再或者流离在飞雪为歌的荒途，世间烦琐千千万，都置之度外。就像她对文字恨之入骨却甘愿沉沦药石无医，宁愿前方颠沛流离以梦为马再不返途。

她不知道现在的你有没有成长，是不是可以坚持着内心的坚守。

你现在在上高中?

如果是,那你大概在紧张地备战高考。你可能不会再嬉笑。凌晨,你会在睡意吞噬最后一根神经末梢时,掏出时刻备着的速溶咖啡,看着它们溶在水里,闻着那股想吐的味道。你会在北风呼啸的时候,套上帽子,行色匆匆,不复以前的从容。你不再想着放假去旅行,甚至可能会暂时忘了苏轼,只埋头于一片试题中。因为最终结果无论好坏,后果都要你自己承担,你终要成长。

她不知道你是不是还为了子瞻疯狂地想考浙大。但她想说:傻姑娘,这一年你值得拼尽全力去搏。

或者你现在在上班?

她一点都不好奇你在做什么工作,因为那不重要。但你的样子,她想知道。你一定摘掉了一笑就会露出的那一排你曾经无比痛恨的牙套，同时也摘掉了你的十三四岁的妩媚;你会留很长的头发,因为那是你儿时的梦想。你还会不会睡觉前去阳台上站一会儿,然后弹一首肖邦的降E大调入睡?

她对未来的一切都那么不确定，但她很期待你的成长。她曾经想用很多华丽的辞藻来写这封信，但执笔的那一刻她所有的文思化为虚无。

人的一生必须有某些坚守，她不知道你是否还有着她现在的坚守，或者把它们都弄丢了。但她相信，你终会在年龄的增长中学会不再逃避。而她，现在要让你成为更好的你。

祝顺心!

来自时空另一头的你或者她

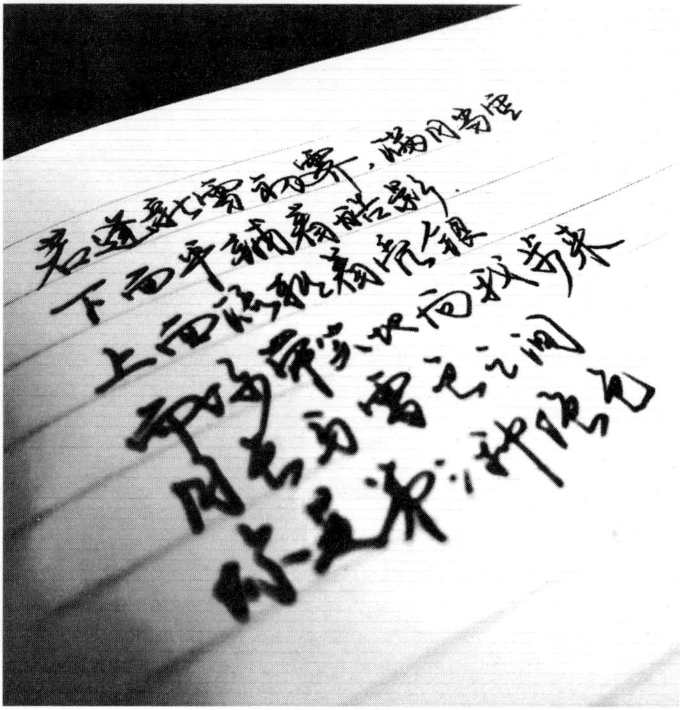

记忆中的那曾经

曾经，我们会在漫天大雪里打滚嬉戏，会钻进杂草横生的荒地里捉迷藏，会专注于地上的几个方格……然而渐渐地，我们在时光中迷失……

一切的一切恍若在昨天，那么近，又那么遥远，发生在时针跳动的上一秒。

曾经啊，我喜欢在乡间掬起一捧软溶溶的春泥，找块大石头坐下，搓捏着那些湿湿的泥土。身旁，是一池碧绿，有个妇人蹲下来缓缓地拍打着衣服。回家后，总会受到大人们的轻斥，我不在意地笑笑，摊开脏兮兮的小手。

曾经啊，我搬着一把木凳听妈妈念唐诗宋词。一句也听不懂，只能跟着哼哼唧唧。背下来了，就急于找人显摆，但是经常脑子突然一空，什么都忘了，暂且称为尴尬吧。尽管当时脸憋得通红，但不知道什么叫尴尬。

曾经啊，我背着书包去了一个未知的地方。上课的时候我总是瞟向窗外的风景，下课了坏心眼儿地去折窗边的迎春花。有一次我吮了吮这花，甜甜的，还有点涩。中午的时候要去写字训练班，十几个人在阳光下一笔一画写得多么专注认真。

曾经啊，我第一次点烟花。“哗”，一下火花绽放，余温扑卷而来。远处传来隆隆的炮仗声，清新的空气中散发出一丝火药的味道，那是久违的味道。长大似乎就是烟花灿烂的瞬间，再美也只是昙花一现，不曾察觉中，又过了一年。

曾经啊，我跟同学一起放孔明灯。一盏盏灯升上天空亮亮的，每一个人都闭上眼，诚心地许愿，愿望要带给谁呢？我无从得知。

后来，我们散了，不仅仅和同学，还和以前的稚气。犹记小学的最后一次合影，最后一次讲话，很多人哭了。但最后我们还不是收拾好书包，摆好桌椅，面无表情地走了吗？时光才不会管你发生了什么，它只会低着头不快不慢地跑圈。不会管谁的成长，谁的衰老，谁的新生，谁的死亡。天下无不散的筵席，伤心终不会改变什么。

曾经，真的发生过什么吗？

曾经，真的只是遥远的过去吗？

我快记不清了啊。

我终不再幼稚地幻想，不再天真，但我好想记忆中的那个曾经……我在时光中迷失。

温暖的时光

回忆那些温暖的时光，像酒缸里的悲喜，花瓶里的过往，常常不经意间与你撞个满怀。你会感到有什么东西溢出了眼角，然后会嘲笑自己像个古人一样，开始悲秋伤春了。

那温暖的时光中，有一栋老旧的大黄楼，在漫天大雪里暗淡无光。

往年的每个春节，都要回鸡西。这是一个被黑龙江省包裹着的小城市，离长沙那么远，那么远。十个小时，一路颠簸。到的时候，万籁俱寂，只有三楼挂着一盏大红灯笼，透过窗帘可以看见里面黄澄澄的亮光。

这是北方才能给我的亲情。“吱呀”一声打开门,满屋的亲戚。姥姥笑着端出锅里的饭菜;姥爷从内室里走出来,眼里是化不开的思念,我把头埋入他的怀中,他拍着我的背唤我的名字;舅舅拉着快入睡的表妹从另一个屋走出来,表妹看见我突然精神抖擞地喊“姐姐”,拽着我的衣服不放。有人等你回家的感觉真好。

在这座城市,这栋旧房子里的光亮,是我难忘的温暖时光啊……

那温暖的时光里,有她。

她的头发很软,黑亮黑亮;她的校服上总沾染着大量洗衣粉浸泡过的味道。我以前中肯地评价这味道太浓,她很敷衍地说:“明天就换,行了吧?”可第二天并没有什么变化。

从食堂到教室有一段必经之路。秋意渐凉,我喜欢悄悄地把冰冷的手掌贴在她白皙的脸上,她每次都一瑟缩,嗔:“你这人好过分啊!不过你手好冰,受凉了吗?”然后她用热乎乎的手捂住我的手,那一刻我觉得心都化了。

有时她会狗腿般地叫我办事。我拒绝的时候,她便用一种极其哀怨的眼光望着我，让我突然觉得我是一个负心汉。之后她就开始赞美我："哎，帮下忙嘛，你看你这么能干……"我想我是没辙了。

我和她的这些嬉笑怒骂，是我难忘的温暖时光。

这些事之所以被称为回忆，是因为都过去了，就像每一个颓墙荒院里，都有过红颜青衫般，而我感受到了时光的苍凉和温润。

那些温暖的时光，是我难忘的，是我怀念的。

Jo Malone
London
Red Roses
Scented Candle
Bougie Parfumée

那个人，教会我爱

他的眸子让我一辈子都忘不了，盛着一种如糖胶着般的疼痛和悲伤，可惜他已经不在了。

那个人，让我明白何为传承。

他是京剧团的团长，在央戏修了编剧。我的作文都是他手把手教的，还有我那唱得上不了台面的几段京剧。

小的时候，我坐在他旁边陪他看央视八套的《空中剧院》。他的手会不自觉地打着节拍，一边打一边给我讲上面化着浓装，穿得或姹紫嫣红，或者粗衣粗布，比画来比画去的人物；讲得兴起还跟着唱两句，我说他宝刀未老，他便哈哈大笑。

我在他绘声绘色的描述里喜欢上了一个个在舞台上性格各异的人物。这算是传承吧。

那个人，让我爱上文字。

我最喜欢和他聊天，因为他喜欢用平淡缓慢的声音跟我讲他的想法、他走南闯北的故事。

以前他住在我家的时候，他跟我讲《三国演义》。那些人物在他的讲述下活灵活现，然后他轻轻地叹息一声，像是对我说，又像是自言自语："古今多少事，都付笑谈中……"轻飘飘地，就这么消散在一片氤氲里。

暮色四合。

窗外的一切都披上了一层暖橙色。于是，他神情平和，指节分明的右手抚了抚我说："今天就到这里吧。"我却还没有回神。

那时我才意识到文字的魅力。从此我便以梦为马，义无反顾。

那个人，让我无畏死亡。

当时的情景我不愿想起，黑暗模糊了所有的边界，睡意吞噬着每一根神经末梢。我握住他的手，极为小声地说："再见。"他似是费了很大的力气点头，满是针眼的手回握住我的手，说："我不要痛苦地活。"

第二天来，我只看见空空的床，旁边是换床单的护士。

是啊，这样少受罪。他那样骄傲的人，怎么会凄惨地走呢？

我对生与死有了重新定义，他的离去，让我无畏死亡。

那个人教会我爱这世界上的一切，教会我面对这世界上的一切。

我们要爱了，才知道那就是爱。那个人教会我爱。

"姥爷。"

成长路上的阳光

心情不好时，我喜欢看雪，它是我成长路上的阳光。

以前我住在北方，那是妈妈的故乡。大概九月十月，就开始下雪了，春天也下。

当一股南下的冷空气和一股北上的暖湿气流相遇，一次降雪过程的气候便孕育而成。厚厚的云层铺卷开来，大片的雪花漫天飞舞，匀称地洒落在大地上。好似老天在清理他的院落，把沉积的雪，一下子倾泻下来。这时，我便想到李十二的“燕山雪花大如席”了。虽夸张了些，但若看到这场降雪，也就不难理解其意了。

天空像被飓风吹过似的，干净得没有一丝云，蓝蓝

的，像打翻了墨水瓶，千丝万缕地蔓延开来。这时，我便喜欢飞快地奔上山顶，看到素裹一片的大地，不顾一切地喊一嗓。那声音在上空飘荡，心情也舒畅许多。雪是我成长路上的阳光。

这大概是有“阴山千里雪”的壮观了吧，有“千树万树梨花开”的秀美了吧。村庄旁的篱笆没有被雪覆盖，透着一股犹抱琵琶的梦幻。山坡上那独具一格的苍松，树冠的枝条上都托着厚厚的雪，我喜欢倚着它读诗。有一回，风猛了些，雪簌簌地掉下来，慢慢融化在诗集的那句“玉尘散林塘”上，真个巧妙！

我在雪的怀抱中成长，它给我一种源于自然的归属感，那是我略为阴暗的内心所缺少的。雪是我成长路上的阳光。

雪最大最冷时要数过年那一段时间了。家家都挂上了红灯笼，饺子的香气融进屋内氤氲的空气中。

每逢这时，大家会聚在一起，十多个人围着一张小小的桌子谈天说地，回忆过去。什么当时天冷，学校就组织全校学生去铲雪啦；什么当时姥姥打的毛衣暖和还好看啦，云云。

我通常只是坐着听，看着他们手舞足蹈的动作，莫名地感到暖意。

这一场纷纷扬扬的大雪将我们聚集在一起，不知不觉中又过了一年。雪是我成长路上的阳光啊！

一场场漫天飞舞的大雪，好像一条长长的纽带，把成长路上的那些美好和回忆紧紧地连在一起，所以每次看雪，内心都有一种无言的触动。

我曾经读过一首诗，牢牢地记下了一句话："红日，白雪，蓝天，乘东风迎来了报春的群雁。"很可惜我忘了作者的名字，但他给了我看雪的最佳视角，他让雪成为了我的阳光。

我渴望看雪，它是我成长路上的阳光。

茶馆

对整个中国版图来说，群山密布的西南躲藏着一个成都，真是一种大安慰。

——题记

当又一次呼吸到巴蜀热忱的空气时，不禁感慨这一两个小时的航程，却跨越了我近七年的时光，一切那么熟悉，触手可及。

成都都有些什么？一般的回答是杜甫草堂、都江堰、青城山之类的名胜，但我印象最深的却是茶馆。

经常是在闲时跑过去，一人泡一碗茶，坐在路边的茶座上，对面是一片远山，相看两不厌。

抑或是夏天在参天的翠树下搬几把竹椅，也是不错的吧。稍稍再加一点怀古的联想，意趣颇多。

大些的茶楼是我以前常去的，这此地方可以坐上几百号人。开水茶壶飞来飞去，忙忙碌碌，我的目光在人群中流连，不禁感到眼花缭乱。

进茶馆有时会碰上清唱或说书。演员们在台上眉飞色舞，茶客们倒不怎么听。他们只是神态自若，毫无匆匆之色地这么坐一个下午。阳光满含挑逗意味地照进来，他们的意识就淡了，模糊了，看着茶碗里伸缩卷曲的茶叶，听着邻桌嬉笑的声音，就困了。当他们醒来时，暮色已经染上天空。啊！一个下午又这样过去了。爸爸妈妈去结账，然后我们仨沿着河边走回家，影子在身后被拉得长长的。

讲演这种古老的风俗在一般的茶馆里很少见，我也只去过一次，那是晚上躲雨时去的。蒙蒙的烟霭，淡黄的灯花，方桌高凳褪落了原本色泽富丽的茶色油漆，垂暮的老人端上三杯茶，我发着呆。窗外有个大院子，几个年龄相仿的孩子在玩，我还记得当时我让他们教我说方言，再配上雨水从高翘的屋檐上滴落在台阶的声音，一切像是最完美的和声。

那些记忆都很遥远了，可是越远，却越深刻。此番回去，以前那些光鲜亮丽的茶楼都破落了，人却还和当年一样多。原来成都没变啊，我不禁舒了一口气。

茶馆文化大抵是最能代表我在成都的时光，当时的日色变得慢，一切都慢，这也是我最怀念的。

“成都，带不走的只有你。”

宇治茶
初
宇

· 蒙蒙的烟霭，淡黄的灯花，方桌高凳褪落了原本色泽富丽的茶色油漆，垂暮的老人端上三杯茶，我发着呆。

乌镇印象

高高的屋檐，黑黑的窗棂，破落的鱼鳞瓦，长长的青石路，窄窄的街道，幽幽的水巷，瘦瘦的乌篷船。这些挥之不去从而成为烙印的，我称之为记忆。

随着高速公路两边的青山绿树和江南水乡在身后淡远，远方的一切越发清晰。

幽暗，那是我对乌镇的第一印象。

古朴，而又宠辱不惊。

我的记忆里有暮色四合时的小旅店。

半掩映的琉璃窗透露出街边的小运河，每置桥埠，岸上逐渐亮起的明黄投影在黑黝黝的河水里。任杂沓的足音清晰了又模糊，她做了六千年的酣梦依然悠长而香甜；纵然惊喜的目光凝固了又迷离，她美了两万个晨昏的容颜依旧妩媚。

我的记忆里有着她的眉眼。

如果说江南是一幅精美的画卷，乌镇就是那极其写意的一笔，神韵皆俱，令人心神摇荡。

乌镇里无论是深宅大院还是简陋木屋，皆向水而设，而那高低错落的枕水人家，向来与华美不挂钩。一例青的瓦、白的墙、褐的窗和门扉，却难有雷同。

先说那屋脊，有的起了三重，高挑着房檐，像振翅欲飞的大雁；有的只起了一重，圆钝而不突兀，显得端庄而淡雅。再说那布设，有的人家将房子探向水面，架起水阁；有的依墙建起亭廊，多了一重“美人靠”。当你觉得房子太多太挤时，不时会冒出几棵亭亭如盖的翠树，石阶上、墙根蔓延的一片青苔，一下子把水墨画变得不单调。

白天阳光照下来，水面上会呈现出各式各样的倒影。蹲在那儿浣衣的妇人有时也会伸入那水中的青石阶，风一吹就模糊在一道道波纹里，而她发出的温软语调，都在我记忆里赶不走了。

我的记忆里还深藏着乌镇的味道。

如果一定要用什么去比作乌镇，我想大抵是《诗经》。那是一种跨越千年的吟诵，没有修饰的辞藻，只有平淡真实的生活。铺满泥土的是通幽的曲径，铺满天堂的是飘浮的流云。你起伏间的呼吸有如潮汐。如若落雨，添一把丁香花色的油纸伞，如梦似幻。

诗与画多源于想象，经不起触摸，乌镇不是诗也不是画，却值得仔细推敲。

青石板路如何能辨出年纪？乌镇永远是她自己。唯其宁静，所以致远。

这好东西是铸入骨髓的，在记忆中永远抹不去的烙印。

福来春联
大吉
福

观金简记

孤凤展翅腾龙位，弱女挥手伏众臣。

——题记

我与她，怎么说，仿佛有一种说不清的牵扯，千丝万缕，倒真是“剪不断，理还乱”了。

此次五一，应学校之意，又顺本心，驶过湘江去赴约。一路上坐立不安，总有种呼之欲出的雀跃。也许是因为同姓，于她，我总怀有无限的敬意，却也有面对故人的亲切。

馆内很喧闹，许多不同年龄层次的人对文物做着或浅或深的评说，我未细听，只是前行，然后拐弯，再前行。别说玄，我觉得那件东西一定在那儿，我知道近了，近了，真的近了。

当我看到被一大群人众星捧月般的她，我心里的弦突然就断了。我匆忙地挤入人群，看见标示上那让我为之骄傲的名字——武曌。而我百般想千般念的东西，是她祈求免除其罪名的金简，后人称“武曌金简”。

它薄如蝉翼，量词大抵只能用“一片”来形容。顾名思义“金简”，其色为金，想是年代久远边缘留下些暗色，上面镌刻着方正的楷体，不难想象千年之前它的炫目。它被一个大大的玻璃柜保护起来。我把右手贴在冰凉的玻璃上，想靠近，不断靠近。她是贯穿我童年直到现在的骄傲，不管后人说她如何好，又如何不好，我只能说，我对她恨不起来。

身后的人有唏嘘，有失望，有各种各样的议论，但也仅是随便一说就去往下一个文物点，如走马观花一样。而我就站在前面，看着人聚人散，散了又有新人聚。这如人们经历的一个又一个朝代，时间的流逝却不快不慢。直到母亲略不耐烦的催促声传来，已过去十几分钟，看着玻璃中我的模样，我逐渐在心中勾勒出她那张狂的眉眼，一时迷乱。

我回家后又翻出之前从衡阳带来的武氏宗谱，一排排的名字记录着这个家族的辉煌。这上面写到武则天以前是我们隔壁村的，大概是这名字一直和我保持不远不近的距离的原因吧。我不止一次以这个姓氏为荣，以这个大家族为荣，我也相信我能延续这辉煌，我也希望我能不负众望。

见“金简”一面，感触颇多，特作一记。

我的笔友

后来我才知道，你就像一朵花，我不过是途经了你的盛放。

——题记

她是我交的第一个笔友。

是怎么认识的呢？那是因为一位老友跟我大肆宣扬她是一个多么传奇多么完美的人物，又跟她大肆宣扬我的文学造诣多么高。然后过了一天，我收到一封上面写着“惶恐”的建交信。

信上是很漂亮的行楷，笔法刚劲，不像女孩子的字，用词十分谦逊。而让我真正被震撼到的，或者说想与之建交的关键原因是她说当今真正热爱语文的人越来越少，而叶公好龙者越来越多，所以她是以一种极为敬重的心情写这封信的。刹那间，我觉得找到了知己。

当天下午我就见了她，是一个扎双马尾的女孩，很可爱，笑起来给人很舒服很温暖的感觉。

之后我们的通信日渐增多，我们聊人文科学、文学史、各种著作、社会现象等，我一度认为能和她做笔友是我一辈子的幸运。

有一次她和我谈《红楼梦》。她讲林黛玉和宝玉的前世今生，这一切就像宿命。假作真来真亦假，覆灭是必然，“落了片白茫茫大地真干净”也是必然。我回她说，他们之间的爱情许是必然中的偶然，我觉得她见到后一定会嫣然一笑。

还有一次我与她聊现在的阅读趋势，她是唯一一个愿意听我倾诉并认真回复的人。她说只愿我们彼此都不忘初心，就像她第一封信中所说的，报以敬畏。我说一定会的。

那是她给我的最后一封来信。而我的最后一封回信却石沉大海，杳无音信。

她在二楼，我在一楼，距离虽不远，却难以相见。这当真是世界上最遥远的距离了，我除了失落，别无他感。

也许是我习惯叫她“晴晴”，她叫我“静儿”的那段时光；也许是因为我在文学的路上再次成为孤独的行者，我突然觉得悲伤。

她是教会我很多东西的一个人，也是让我打开心扉的一个人。现在我也只能作此文来纪念，并且等待她那不知何时才会送来的信了。

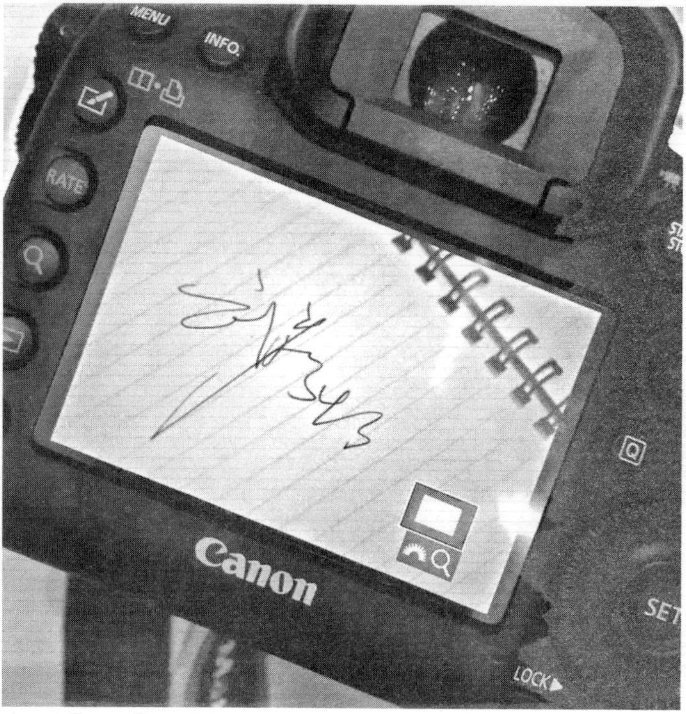
MENU
INFO.
RATE
Canon
Q
SET
LOCK

凡人小事的背后

我把童年的一切都留给了你，你却只留下一个模糊的身影，真是不公平。

——题记

这是我第一次写他，写之前我都不知从何处落笔。

我对他的印象从原来的清晰完整，到至今那层清晰早随时光退去，只剩下他墓碑上的黑白照，和他的那些书籍。

我们家一共四个姊妹，可他唯独没为我写过文章。但有趣的是，他最终留下的那些视若珍宝的书，也只有我去翻。

而我以前，最喜欢的两件事，一是看他读书，二是看他写作。

书桌旁有两张凳，他坐大的，我坐小的。他曾送我一本带拼音的儿童散文，我当时不喜欢这些，就只翻上边的图画，翻完了就仔仔细细地观察他读书的样子。

他读书的时候很专注，很安静，不像有些人看了一会儿就高谈阔论，兴奋得手舞足蹈。他真的是一个文人，内敛而深沉。他总会在书上写些东西，多半是理解之类的，我长大些再去他书房看书时均会看见。

阳光照到铁窗上，投射在他的背上，黏稠得像酒，轻柔得似纱。他戴着那副老旧的金边眼镜，有那么一瞬间，我认为是当时的他塑造了现在的我。

那么他写作的时候呢？那就更加安静，安静得沉谧。他会写一笔刚劲漂亮的新闻稿字体，握笔的姿势分外用力，指尖往往因为这力道变得泛白。写作的时候他不喜欢别人打扰，而我觉得别人看到这幕也会识趣地走开，因为那会有一种误入蓬莱惊扰到仙的感觉。

在他之后，我再也没有见过还有谁看书看得如此专注，也再没有看到像他这样写作的人了。

我一直觉得，我现在对文学的热爱，我现在能说出“为文饰地，把酒谢天”这样的壮语，至少有七成都是因他。我希望他的在天之灵，会知道有个人一直以他为目标，为楷模，默默地努力着。这个人也因为他平常做的小事，奠定了以后的人生道路。

此时的他，也不是凡人了，做的也不是小事，他是一座山。

四月的姿态

春风，花朵，鸟鸣，莺飞，蝶舞，唱响了春的歌谣。心，在一抹阳光中翩飞；春，在姹紫嫣红中着色。我在时光的素笺上，用明媚的笔调，将春的美好临摹。那飞扬在指尖的韵律，是生命流动的色彩。

日子，总在忙碌中度过，平淡得有些雷同。我不怕平淡，只是怕生活没有了色彩！

每个人的心中，都有一座世外桃源。这里，是我们休憩的港湾。闲时，听一曲曼妙的音乐，让音符漫过心灵的沧桑，蹚过灵魂，蜿蜒生命的静好绵长；或沉浸在喜欢的文字中，凡尘琐事与我无关，只有月照松林，风度青山，云水也寂然地澄澈，疏朗而清凉。过往将渐渐淡成一幅简单的画卷，有些地老天荒早已与他人无关，而心情却与自己有关。站在时光之岸，将心绪安放在夏日清荷的芬芳中，让光阴染出淡雅。在沉思和感悟中，体味生命本该有的那份安恬。

人生就是一场远行，我们一路行色匆匆，总会因为走得太急而负累，等有一天回头望时，已找不回来时路。有的时候，停下疲惫的脚步，于喧嚣中寻一份静谧，适当地放空自己，是对心灵的修复。无论何时，都别忘了等一等灵魂。

以一颗素心，把想念深种。于月白风清的日子里，一些温暖，便会直抵心海；将一些念想连同祝福，一起写进这恬淡的时光中。有些美好，不用寻找，便可抵达。

总是相信，内心有旖旎风光的人，定能在草木闲情的光阴里，读四季如诗；摘春花泡茶，听夏风浅吟，看秋情如画，赏冬雪寒梅。

揽一份从容，做岁月枝头的点缀。于黎明中放牧自己，采集花间清露，荡涤尘埃；于花开中相惜，于花落处随缘。任红尘纷扰，我自清心素雅，研一笔淡墨。于时光深处写意绿的芭蕉，红的樱桃，在生命的青山绿水间，巧笑嫣然。

四月的姿态便是，心与阳光同在。

·有的时候，停下疲惫的脚步，于喧嚣中寻一份静谧，适当地放空自己，是对心灵的修复。无论何时，都别忘了等一等灵魂。

我的朋友夏诗瑶

朋友是什么？我想，也许是雨天里的一把伞、落泪时的一方绢。

在刚入学的时候，我便遇见了一个女孩子——戴着一副眼镜，颇有些好学生的味道；齐耳的短发，显得清爽利落；黑曜石般的眼睛；小巧秀气的鼻子；白皙的脸庞透出些红润。听到别人喊她“学霸”，我笑笑，不以为然。

直到与她做了好朋友，对她才有了完整的认识。

记得前不久的一次社团开会，我们一行人兜兜转转许久都没有找到地方。我到地方后说笑着正准备上楼，她却蹙起了眉，大发雷霆："你们这些人一点时间观念都没有，一点安排都没有！凡事要有一个计划，你们呢？绕了二十分钟路，还在这里笑，难道我们三个请了六十分钟的假，三分之一都被荒废了，真是气人！"

我被她惊到了，原想溜走，却被她拽了回来，只得听她说教："你们还想跑，我告诉你们，要是我没说完就别想走！没有一点原则，时间观念都没有，接下来要干什么也不知道。还有，没听完我讲话就跑，还笑！你们没有尊重我，这是对我人格上的侮辱。"

听着一句句都不带重复的话，看着此时已怒火中烧的她，我不得不感叹，夏诗瑶真是国家培养的人才，道德与法的继承人！

不过，她也有不同的一面，总是口是心非。之前，我向她请教一道题目，她一脸轻蔑，敲着我的脑袋说："你这个人笨死了，这么简单的都不会做。"

我干笑，默默地要拿回作业本，她却按住我的手说："拿笔和纸来。"然后揉了几下我的脑袋，俯下身来细心为我讲解。

其实，她这个人很关心人。有一次我发烧至38度，晚自习的时候来考试。她一反常态没有掐我的脖子，而是摸摸我的额头问："你还发烧吗？"然后拉着我絮絮叨叨，"你这人每次都瞎折腾，又生病了吧……"尽管都是说我的话，我还是很感动。

也许朋友就是这样，不是你眼前日夜飘舞的柳絮，而是你身后为你遮风挡雨的大树。

夏诗瑶，我知道你无论像"唐僧"一样唠叨，还是假装无奈地教我做题，都是对我好的一种方式。所以，谢谢你，我的朋友。

独留吾春在吾心

又是一年春草绿，又是一年花飞红。春，经过冬日的蛰伏，以浩荡之势遍布了整个城市。

风，带着慵懒缠绵之感，把我们捎到了石燕湖。阳光透过树枝直射到湖面上，似万道金丝洒落。天是蓝的，水也是蓝的，交相辉映，就连旁边苍翠的群山也失了平日的坚毅，满腔铁血化作了绕指柔。“难得碰上这样的好天气。”我暗暗想。

远方那一层层的花，一沓沓的叶，一树一树的绿，一卷一卷的新芽，都迫不及待地展现自己，你方唱罢我登场，应接不暇，让我赞叹不已。《列子·汤问》中有云：

“以八千岁为春，八千岁为秋。”普天之下凝聚的春天，怎能不惜、不爱？

正午时分，我们又坐上了车，望着车窗外转瞬即逝的风景，感受着阳光透过玻璃传来的温暖，昏昏沉沉睡了过去。再次醒来，已到植物园。

尽管花期将过，但还是有许多赏花的人。他们有些拿着专业的照相机在摄影，只为挽留花朵即将逝去的娇颜；有些蹲下身子嗅着郁金香的芬芳；有些只是撑着一把遮阳伞在花海里走走。但无一不同的是他们脸上都挂着笑容。也许这便是春天的魅力，她热爱并尊重每一个独立的个体。

漫步樱花湖，花草和泥土的气息涌上鼻尖，摧得湖岸上的樱花更清雅动人。偶有和煦的风吹过，她便温柔地舒展枝丫，将那一片片淡粉色的花瓣送入水中，任它们随波逐流。

泥泞路上几丛牡丹，有红有粉，开得很艳。那一刻，我突然像透过她看到庄姜夫人的天人之姿——“手如柔荑，肤如凝脂。脸如蝤蛴，齿如瓠犀。”

这时我明白，春天便是这样浩荡。无论是“国色天香”的牡丹，还是姿质平凡的无名小花，都将尽情绽放出其非凡的美，履行着生命的意义。

在这个柳絮织锦的美丽日子，你也许因为自己的平凡而自惭形秽、愁肠百结，那就停下来看看远山近水、悠悠白云吧，你会羞愧自己竟无小花小草破土而出的勇气。在春天，你可以释放所有不完美，因为她会有温暖的怀抱圆融一切。

把心交给四月，让草香在心中弥漫，让春风吹散心中尘埃。从此，独留春天在吾心。

心中最美的风景

我想，最美的，无非是天空。

行至水穷处，坐看云起时。天空被净蓝妆成碧玉，一泻千里。幽幽云谷，山林苍翠，霞光笼罩，袅袅生机，暖风过处，和谐宁谧。

绿树成荫，摇曳而斑驳，枝叶间点点光影辉映着天空，一望无际的净蓝，花香鸟语，千娇百媚，姿态婆娑。

天空像个孩子，没有烦恼和愁绪。有时它与路过的清风白云嬉戏；有时它帮助奔波的飞禽，整整凌乱的羽毛；有时它鼓起腮帮，朝平静的湖面大口地吹气。清脆悦耳的莺啼，低沉喑哑的虫鸣，皆是由它而生的旋律。

这何尝不是最美的风景?

清泉中悠闲的双纹鲤,山人唤樱鲤。传说曾有山花烂漫时,它仰慕那桀骜不羁的苍鹰,奈何为水所困,不得欢欣,只得羞怯地将自己的一怀心事述与倒映在水的蓝天听。

而鲲鹏振翅,扶摇直上九万里。苍鹰不甘蛰居,同样翱翔天际。无情决绝的厮杀,赢得了力量,孤寂了心房。

唯有那片天空,一直明媚而干净。它心疼地俯视着苍鹰生硬的脊梁,又遗憾于樱鲤的前路无望,便努力地播撒阳光。

这天空下的一个个故事,怎能不是我心中最美的风景?

自江南来了个画师,他享有一切金钱名利。他的画更是如神来之笔,皇孙贵胄无不出价千两,只为他的一幅画。

但他却冲出了金碧辉煌的宫殿一路狂奔,在没有人的原野上,看见鹰击长空、鱼翔浅底。

他画过无数受人称道的画，唯独没有画过天空。那片净蓝，直冲冲地入了他的眼，他说：“我眼里的风景除了你，再不见其他了。”

我想，天空所代表的，不仅仅是那一片净蓝，更多的应是宽阔。它让你觉得没有束缚，让你觉得天空之下每个人都是自由的。

闲来无事，我希望在满是阳光的院落，搬一把竹椅，守着这片天空，守着我心中最美的风景。

先斗町

这也是一种爱

我是桃树上的一朵桃花，在刚刚吐露出娇美时，我却厌倦了这与世无争、淡泊宁静的生活。我渴望到外面去，与那些雅士一起吟一阕词，听着他们的赞美；我渴望到外面去，成为黛玉葬的花，落尽碾尘，体会她的忧愁与美丽；我渴望到外面去，成为百花中的一朵，与她们争妍斗艳。我任性地对桃树说："母亲，我要离开，我不想过着这样的生活。"

"孩子，你……唉……"她想了想并不挽留，便轻轻地将我抖落在了小溪里，随波逐流。我虽为她的果断感到小小的不快，但是欢乐笼罩了我的内心，我跳跃着，随着溪水高歌着。渐渐地，我被冲到一片潮湿的泥土上。朦胧间，一个仆役拾起我，将我放于烈日下。我的水分被晒干，痛苦地呻吟，却无人听见，我成了香囊中的一员。

待在这拥挤的空间，我不安地扭动身子，却无济于事。我开始想家，“妈妈，妈妈……”我呼唤道。

岁月葱茏，宛若飞鸿踏雪，已无影踪。香囊旧了，我被无情地撒落出来。我静静卧在满是青苔的石板路上，突然，一群诗人走来。我以为他们会赞美我，立刻身姿挺拔，神情倨傲。可他们却毫不留情地踩过我，说：“此处真是扰乱心绪。”我后悔了，好想回家，我呢喃着：“妈妈！”

又是一年，春水初涨，我再次回到了溪流。有了水的滋润，我的身躯渐渐舒展。几经波折，我又回到那令我魂牵梦萦的地方。

“妈妈——”我大喊，扑到她的脚下，“你为何不拦我？”她没说什么，只是用树干抚摸着我，过了好久，她才说：“不阻拦，是因为你需要跌倒的机会呀。纵使舍不得，可只有这样，你才知道‘无意苦争春’的美妙。”

我突然开朗，让孩子受挫也是一种爱，这是比庇护更浓的一种爱啊！

“好好睡一觉吧，我的孩子。”这一回，我满足地进入了梦乡。梦里，我带着这不一样的爱，开出了一朵比之前更娇艳欲滴的花……

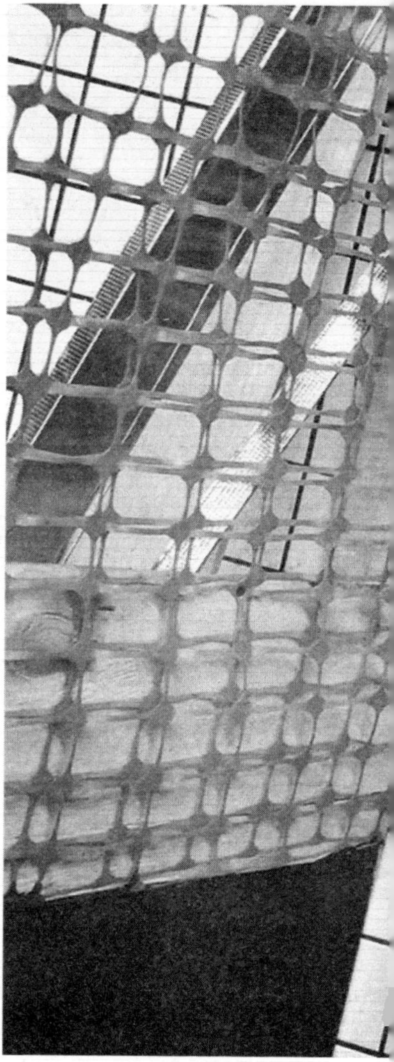

E WI-FI
elessWiFi
Touch start to begin
Start
Credit and ATM/debit
Cards Only
AUDIO
CREDIT
ATM CARD
RECEIPT
METRO

原来我也拥有这么多

我总是在最绝望的深处看见最美丽的风景。

她十一岁，还是稚嫩的温眉润眼，有风吹过她的胸口，女孩的睫毛被镀上金色在风日下颤动。

我不记得是第几次梦见她。

女孩的名字叫江陵，是一个在我颓废时让我明白我还拥有许多的姑娘。

破山清晓，破山清晓，沾衣下人间。

有一段时间，我觉得自己一无所有，甚至感到痛苦无比。母亲担心我，便决定带我去江南一座小城住上数日，权当散心。

我与她的初见，是在一座江南小城旁的河岸。那时她正拍打着湿答答的衣服，长发被细致地编在脑后。她白皙的手背，皮肉下蜿蜒的青色血管，像是舒展的叶脉。忽而，她抬起头，冲我一笑。惊蛰刚过不久，空气还显得潮湿，她的笑却干燥温暖而缠绵，映射出青瓦白墙。墙角的苔藓，像是树枝从土地中汲取新鲜的空气，冲破冬日封冰。

她的声音亦如玉环玉佩相击的清脆："江陵，千里江陵一日还。"

她以独有的诗意和水乡女子的温柔告诉我：原来，我还拥有陌生人温暖的笑容和诗意的世界。

桃源春霖，桃源春霖，时花撩梦长。

我在那儿住了十余天，有幸再次碰见了江陵。这次碰见她，是在她自家的小舟上。我俩坐在船头，把脚浸入清凉的河水，她讲着她眼中怪诞的世界：祠堂窗户上的雕花是石缝，红门是太阳，一切由自然衍生而来的事物又回归于自然。我学着她，闭上眼开始幻想：屋檐是云，瓦砾是飞鸟……我们相视而笑。

江陵与我天马行空的谈话让我明白：原来，我还拥有奇幻的想象。

花坞草汀，花坞草汀，东风逐君去。

我离开小城那日，江陵来为我送行。她说她的梦想便是乘舟驶出这座小城。我笑着鼓励她，她像是想起了什么似的，递给我一张纸条，说了声“再见”便跑远了。

我摊开，一行娟秀的字迹：轻舟已过万重山。不禁失笑。

原来，我还拥有梦想。

那天漫步湘江边，十顷波平，忽然想起江陵，又想起之前自己总在羡慕别人，笑了。

原来，我也拥有这么多。

芳草连空阔，残照满。

佳人无消息，断云远。

江陵，江陵，你在我狭长的梦境里，长生不死，遍地开满鲜花。

记忆的深处

你是暗不下来的黄昏，
你是亮不起来的清晨；
你的语调像深山流泉，
你的抚摩如暮春微云。

记忆的深处，是文学的宝库。

记忆的深处藏着诗三百的曼妙。“青青子衿，悠悠我心”和“求之不得，寤寐思服”是对爱情的美好追求，“桑之未落，其叶沃若”与“桑之落矣，其黄而陨”是少女衰老的变化和她遭受失败婚姻的自怜，“岂曰无衣，与子同袍”则是战场上战士之间的深刻情谊。

记忆的深处藏有唐的印记。是王勃在滕王阁上“落霞与孤鹜齐飞，秋水共长天一色”的慨叹；是李白在蜀道难行时“剑阁峥嵘而崔嵬”的状述；是白居易“大珠小珠落玉盘”的音韵，亦是“君问归期未有期，巴山夜雨涨秋池”的西窗之殇。

记忆的深处刻有宋的风貌。苏轼极具辩证思想的《上宋神宗万言书》和《再上皇帝疏》激起千万层浪，而“不思量，自难忘”又透露出满怀柔情，“老夫聊发少年狂”则彰显其万般豪放；秦少游的“两情若是久长时”向我们展现的是无比婉约与多情；南宋岳飞“八千里路云和月”告诉我们男儿壮志永在征途。

记忆的深处带有元的吟咏。汤显祖《牡丹亭》的“则为你如花美眷，似水流年”和“原来姹紫嫣红开遍，都这般赋予断壁残”，无不让黛玉听后涕泗横流，大梦初醒；《窦娥冤》中那一场浩浩荡荡的六月飞雪，又印在了多少人的心中？

记忆的深处浸入了“都言作者痴，谁解其中味”的悲苦。《红楼梦》的一切都讲缘分，从绛珠草为了报石头的恩还尽一生眼泪开始，从宝玉游太虚幻境“金簪雪里埋”开始，便可一斑窥豹，假亦真时真亦假罢了。

我记忆的深处掩住了一切过往，它们曾经的悲喜或是衰落与辉煌，在诗文中与我们相见，诉尽衷情。

“你是从诗三百篇中褰裳涉水而来，髧彼两髦，一身古远的芹香，越陌度阡到我身边躺下，到我身边躺下时已是楚辞苍茫了。”

我记忆的深处满是木心的诗句。

让诗意永驻心间

千军万马,四海潮生。

我常常过着麻木的生活，日复一日地行走于三点一线,生活痛苦而疲惫。

这样的日子一直持续到我整理书架的那一天。“啪!”伴随一声轻响,我低头看到那本小小的散文集,思绪回到很久以前。

那本散文集是作家爷爷送的唯一一本书。因为在我六七岁那年他便驾鹤西去，所以他总在我记忆中清晰了又模糊,模糊了又清晰,影影绰绰。

印象中他总是呆坐在书房,或沉思,或看书看得入神，对我的呼喊浑然不觉。久而久之，我也只得搬了板凳坐在他身旁，装模作样地看会儿书。

在懵懂而无畏的年纪，我总是对世界充满无边的好奇和想象。有一回读《雨》，数年后我曾有幸再读这文章，是《听听那冷雨》。当时不觉得雨冷在何处，也识不得几个字，但是我凭当时储备的知识看懂了文章旁用铅笔轻轻写下的一行小字："自在飞花轻似梦，无边丝雨细如愁。"一种莫名的悲伤弥漫开来。

后来还有一回，我拿着那本满是拼音和标注的少儿唐诗宋词读："野火烧不尽，春风吹又生。"一直沉默的爷爷突然皱了下眉，说："这不加上后四句，诗就像被生生截断了啊。" 然后他缓缓地吟了一句，"又送王孙去，萋萋满别情。"那一句诗就像一条细细的飘带飘进心间，激起了我对送别最原始的情感，泛着清苦、辽阔又平淡的愁思。

回忆退潮。

我不记得这一年里因为忙碌而多久没有静下心来读一首诗歌、看一篇散文了，没有诗意的心和世界都是荒废的。

于是我想回归童年，用最质朴的情感去读一首小诗，让诗意永驻心间。

当所有的铅华洗尽，
我只想做个简单的人，
简单到只有漫山的诗意，
和爱你的灵魂。

Uptown &
Bronx

2016，我的故事

这么多认真的耳朵和灵魂，我娓娓道来我的故事。将生活带来的柠檬般酸楚，酿成柠檬汽水般的甘甜。而将这些故事串联在一起的，我想只有民谣。

一月，微寒，落雪。

裹了厚厚的棉袄跑出去，短靴刚刚踩上石板路，不知怎么融成一摊水的雪就淹没了靴底。找了条长凳，拿出在街上新淘的二手碟片机，光盘在机子里“刺刺”地转动，断断续续地播出一首《皆非》。

“点燃一支支离破碎的皆非……信马由缰，飘零半生。”

心里突然就有个声音在悄悄说：啊，寂寞是最要命的，它使我们变得脆弱，"皆非"是"啼笑皆非"吧。

没有声色犬马，每个人都有不一样的故事，但总能在一瞬间有一样的孤独。

四月，乍暖，多云。

春雾清润，分不清雾水和雨露。香蒲枝下的水塘，一池绿浮萍，耕地的污泥漫过田埂。换了音质差的碟片机，用上随身听，耳边是黄雨离的《癫痫》。

"喑哑的雨点和暗涌的伏线……是透明的微风里突发的癫痫。"

这是是非因果堆积在一起的一天。我碰巧因为这首歌记住了这食之无味的一天，那么这食之无味的一天有什么意义呢？这一天大概就是供我居住的象牙塔吧。

七月，酷热，晴。

马路上冒着热气，樟树的树叶被晒得卷曲，显得异常潮闷。那时地铁已经开通，我等地铁的时候在那块大玻璃上清晰地看见自己的投影，眉眼都刻在那上面。手里黑色的老年机嗡嗡地响，接起，老朋友啊。

"听歌吗？"

“嗯。”

“给你唱啊。”

“好。”

说是唱，不如说是浅浅地低吟：“我是腐烂了花期的凶手，你是藏起花瓣的牧童……当你终于感到了悲伤，我再回来为你歌唱。”

突然觉得盛夏的炎热一扫而空，要是能一起一直这样唱歌就好了。

九月，入秋，阴冷。

凌晨爬起来，套上一件长毛衣，去了家烧烤摊。街里面很热闹，街外空无一人，像是割离的两个世界。难得放开，在街外靠着一堵墙唱《阿拉善》。街角的灯昏黄地亮了，而街里的灯红酒绿恍若白昼，模糊了视野。

“突然想起你笑了笑自己。”

就这样归于无吧。

我的故事可能也是一个譬喻，隐匿在世界中，漂流成啤酒上的雨朵泡沫。

“你我山前别相见，山后别相逢。”

风月难扯，离合不骚。再见了，2016。

读苏轼

承蒙你出现，让我欢喜好几年。

——题记

我一直觉得，苏子身上，有北宋的味道。那种奇妙的感觉，就像阮籍只能属于魏晋，李白只能属于盛唐。

1037年，眉山，一代文坛领袖在此降生，世人说得神乎其神——“眉山生三苏，草木尽皆枯。”这是流传最广的版本。而这个孩子也随着时间的推移成长为惊才绝艳的少年，有“雪片落蒹葭”的逸事，更是一步中榜眼，为朝臣，可谓意气风发。

他的第一场劫难是在1065年，那时王弗去世。宝马金鞍，才子佳人，从此生死相隔，两人之间不曾有“不思其反”的悔恨。“敏而静”是苏轼给王弗的评价，他说自己“永无所依祜”。事实也确如此，“不思量，自难忘”。他的思念是地表之下的暗河，流淌数十年。他们这对“贫贱夫妻”最终没有留下什么家喻户晓的佳话，但我相信，他们彼此了然于心。

说到这儿，不禁想起了苏子的另一位红颜知己——朝云。朝云信佛，苏子曾把她比作“天女维摩”，他们二人之间，更多了一份心有灵犀。甚至到朝云死后，东坡为她作的挽联都是：“不合时宜，唯有朝云能识我；独弹古调，每逢暮雨倍思卿。”

壮年力盛时的东坡应该没有预料到会有一位女子走进他的内心。当她走进来，他感到世界的圆满；当她先一步走出来，他悟到空才是世界的本质。

东坡先生一生颠沛流离，却不只会写文叹息，他平常自得其乐，也活得可爱。比如，他调侃张先八十岁时迎娶十八岁小妾“鸳鸯被里成双夜，一树梨花压海棠”，仿佛都能透过诗句看到当时他眉目含笑的样子。

不管他这一生到底如何，最终都化成了他临死前的诗作——“问汝平生功业，黄州惠州儋州。”他在变得足够强大后，终于学会与苦难安然相处。他成就于苦难，涅槃于苦难。《赤壁赋》《江城子·密州出猎》《登云龙山》《江城子·湖上与张先同赋》……他在一次次挫折后明白了“此心安处是吾乡”，他一生最大的功业，就是从来都没有迷失自己。

读苏轼，自许为能天生又能长久。

值此栖处，四方情深。平生至此，欢喜是你。

在京剧中成长

最后秋色如金，繁花似锦，我丢了你。

——题记

它被酿成一种苍老的暮年余味，胡琴一响，便再也放不下了……

梦中说梦，觉里寻觉。

还记得很小的时候，母亲带着我去看了一场戏。戏名早已忘了，只记得有红彤彤的四方宽阔的戏台，台面两边的乐师一板一眼地坐着，有神情随着时长时短念白声调变化的老旦，有背后挂着大旗会翻筋斗的小生，还有画着白脑只做坏事的丑角。你方唱罢我登场，精彩绝伦。

回家后我便央求母亲教我唱一段“卖水”。她拿捏着唱腔，做着手势，我在后面笨拙地照葫芦画瓢：“清晨起来什么镜子照？梳一个油头什么花香？”

时间又过了些。大概八九岁的时候，放假暂居在北方。我经常在白色的阳台上一俯身，便可看见街头的自行车。夏天傍晚的空气融着各种味道，水泥路还是热的，似是吐着团团的白气，在斜阳余晖里的暧昧与贵气便也慢慢地升腾。收音机断断续续地播着一段京剧，声音杳杳，扰乱着你的心。

从此往后，我的生命里就多了“愿此生终老温柔，白云不羡仙乡”的唐玄宗和杨贵妃，多了大吼“天啊天！难道你也怕权奸”的林冲，多了悲叹“猛听得窗儿外似有人行，忙移步隔花荫留神觑定”苦等丈夫不归的张慧珠，还多了低吟“苏堤上杨柳丝把船轻挽，颤风中桃李花似怯春寒”的白素贞。

应似飞鸿踏雪泥。

我在京剧中成长的同时，这个世界也悄然发酵。京剧不再是从小耳濡目染、随处可见的东西，它变得矜贵而迢遥；它不再是茶余饭后的聊天内容。它高高在上，它变得孤独，我也变得孤独。

那天心血来潮，我又去看了一场戏。和小时的人满为患不同，这回只有稀稀拉拉的几个观众。台上演员的戏份、舞步、走位都没有变，可是物是人非，沧海桑田。那时我猛地发现，属于京剧的时代已经消逝，属于信息科技的时代悄然而来。

但我至少在京剧中成长，或多或少地继承了中华文化。推陈出新必不可少，但我只是想起了那年的戏台，花旦头上精致的钗饰、精彩的武打，还有当年那雀跃的心。

可惜万物都已苍白。

西塘

墙也美丽

十二岁那年，我生了一场大病，被家人匆匆忙忙地送入医院，一住便是十几二十天。

日子被冲开，变得清淡，百无聊赖。除了漫无边际的白色和消毒水的味道，能供我消遣的便只有那面褐色的墙了。

那墙是用碎砖堆的，在一个少年眼中，它满目荒凉，是一种悄无声息的禁锢。

但除了那儿，我别无去处，于是每天在那堵墙周边打发时间。捡根树枝在墙缝间轻划，墙缝间的尘土便掉落到地。尽管晚风轻柔得让人无可抱怨，但我抗拒这种局限的生活，抗拒这种病痛带来的压抑。

突然，一阵细微的箫声传了过来。那是一首悠沉的曲调，未被墙外汽车的鸣笛声、轮胎压过水洼的声音所掩盖，不太清晰，我靠着墙听了好久，才依稀辨别出那是《苏武牧羊》。

彻骨来。

清透去。

一曲终，我四处寻找吹笛人的身影。最后在墙角昏黄的灯亮起的时候，在老柏树周围弥漫着似有似无的烟气里，看到一个老者背壁，微低着头，安静地坐在那里，麻衣和白发，竹箫又响，还是对外流放般的颂腔，声音不张扬不高亢。老者的吐纳之声清晰可闻，心中涌动着一种庞然的力量。现在回想起来，那声音中大概有着一种接受一切的精神在，接受挫折，也接受苦难。

但总归，我关注更多的是这面墙。

寂静的我和寂静的墙之间仅有的几十米植物被修成一道图案。

它的中间有一道裂痕，那道痕迹是它灰黄色调的唯一装饰。我很多次认为它曼丽多姿，每一个小裂缝都恰到好处，像是舒展开来的菖蒲。每当那堵墙在金晃晃的空气中斜切下一溜阴凉；每当墙边一株草上的露珠落下来，摔开万道金光，它便像忒耳普西科瑞遗落在人间的七弦琴，静默地等待着有朝一日跳着优美舞步的人来把它取回去。而我在那道光影下，暂时充当一下不被神过问的孩子。

·我突然明白，人生中最轻的是意义，这也如昆德拉所说的“生命不能承受之轻”。你逃得开某种意义，却逃不开意义；你逃得掉一次旅行，却逃不掉生命之旅。

我常常透过那道裂缝和墙砖之间的缝隙去看墙外的世界。野花膨胀着花蕾，老翁一口烟来，长嘘一声，叮当作响的铁罐被拴在一起……从墙里看墙外，一斑窥豹，别有一番趣味。

因此我逐步发现这墙，这朴素的墙，亦有别样的美丽。

我突然明白，人生中最轻的是意义，这也如昆德拉所说的“生命不能承受之轻”。你逃得开某种意义，却逃不开意义；你逃得掉一次旅行，却逃不掉生命之旅。

不要毁灭破墙而生的欲望，否则鼾声又起。

但要接受墙，并掘出美来，掘出希望来。

于是我发现了墙的美丽。

倾听馄饨街的声音

我清清醒醒地听见它响在过去，回旋轻飘亘古不散。必有一天，我会听见它再喊我回去。

月明星稀。秒针刚走完凌晨一点的最后一圈，我被爸妈拉了起来，后知后觉地上了车。我睡眼惺忪，拖着绵长的哈欠问他们："我们要去哪儿？"

"去馄饨街。"他们如是答。

不到二十分钟的路。

那是一条极窄的街道，被一栋栋用铁皮和土砖搭成的房屋所簇拥。街口立了块生锈的路牌，我打着手电筒仔细地辨认上面的字迹："下——河——街！"

大概这是给人们酣睡的时间。我耳边除了肆意呼啸的风声外，别无他物。爸爸说："嘘，别出声，我们进去。"

记不清走了多久，耳边的声音突然由静谧转为嘈杂，眼前出现了几个红色的光点，我们到了。

我一直认为这条街的后半段才应该真正被称为"馄饨街"，大大小小的馄饨铺不下十家。那时还用灶炉，木柴在炉内噼啪作响，水煮开"咕嘟咕嘟"的声音，老板熟练地将馄饨从锅里捞出，尽数倒入碗中，各种声音混在一起，热闹非凡。

我们走进一家馄饨铺，爸妈点菜很熟稔："老板，来三碗馄饨，再来碟卤菜。"

"可以可以，马上。"紧接着老板对小厨房一声吆喝："三碗馄饨——一碟卤菜——"

我们找了个偏僻的角落坐下来。那条长木椅的脚好像有点坏了，总会"嘎吱嘎吱"地弄出些响声；桌子也没好到哪儿去，随便一靠，它就开始和地面发出"嗞——"的摩擦声。邻桌几个民工正在狼吞虎咽，他们吹气的声音很大，似是不耐烦馄饨的烫口。他们开始吃的声音也很大，"嗞溜嗞溜"，一边吹还一边哈着气来驱散热气。其中有个黑黑的男人，口音很重，依稀听他在说“快点”“开工”“扣工钱”之类的话。那几个人吃馄饨的速度更快了，“咕嘟咕嘟” 地灌下馄饨汤，在桌上丢下零零散散的几张一元纸币和几个硬币，就消失在一片夜色中。

馄饨终于端上来，它们好像在白色的瓷碗中舞蹈。勺子不小心敲出瓷碗的清脆声，馄饨的皮在口中融化，确实不负盛名。

于是之后的很多个晚上，我都死命熬着，说：“我一点都不困，带我去馄饨街吧。”

这样我就可以坐在那里吃好吃的馄饨，揣摩好多人的心思。直到有一天，我这么说的时候，我妈的眼神闪了一下，她说：“那里已经拆了。”“那店子呢？”我问。“当然是搬了啊。”“搬去哪儿呢？”“不知道啊……”

自此我再也没有仔细听一个地方的声音，也再没吃过那么好吃的馄饨了。

我从脚下出发

不在虚妄中沉溺。

——题记

我一直觉得，远方于我而言是希腊神话中的潘多拉魔盒，像是轻添了一滴叫作妄想的毒酒，便不可自拔地陷入了一场幻境与现实的自我救赎。

小时，好读诗，源于母亲的成功启蒙。我能背下唐诗宋词元曲各三百首，《三字经》《千字文》《弟子规》这些也常倒背如流。那时便有一种小小的优越感：啊，我

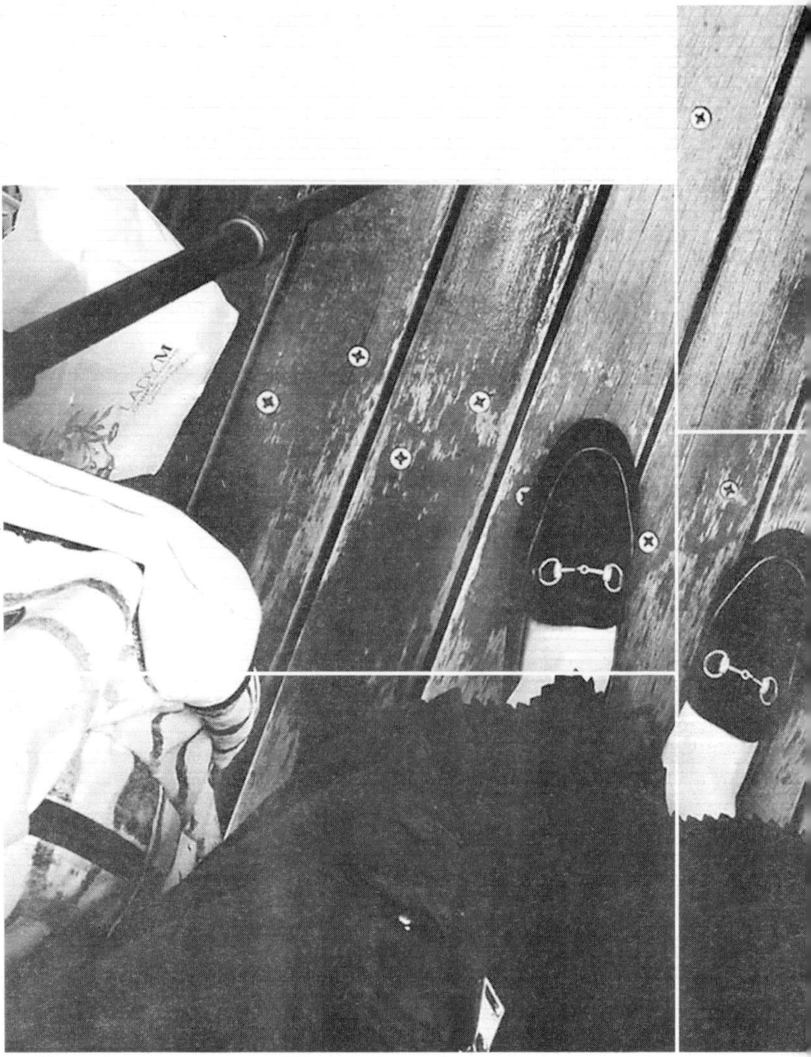

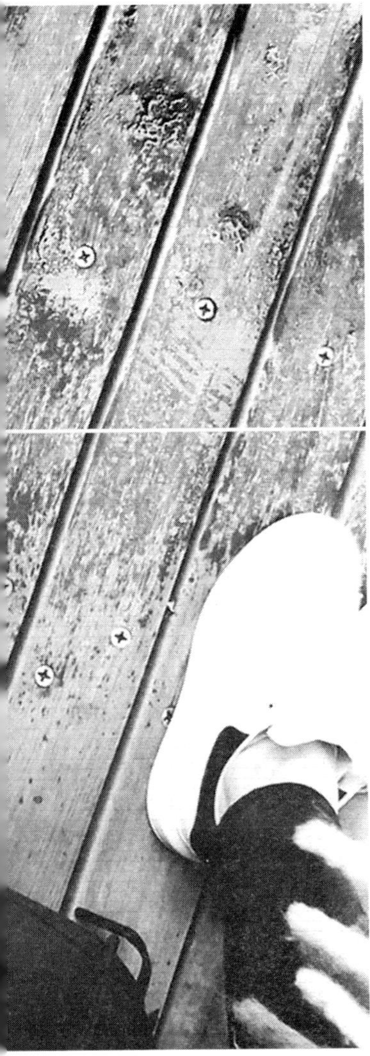

跟别的孩子是不一样的。

这种优越感造成的后果便是，我没怎么读过儿童读物。所有人都在读杨红樱，读曹文轩，我却读着《孙子兵法》《资治通鉴》。好像跟别人不一样，实际上自欺欺人，那些晦涩的书我读不懂，一本本下来，光顾着看插画了。

大些时，我一口气背完了所有初中的文言文，勉勉强强记下《蜀道难》和《滕王阁序》，却不知其意，更是浮夸。我不懂“危乎高哉”是怎样的慨叹，不懂“秋水共长天一色”是怎样的风景，甚至连《兰亭序》中“曲水流觞”是怎样一种仪式都弄不清。

这并不是所谓的“腹有诗书气自华”，而是“自命不凡”。

我终于开始明白了，我那些虚妄的骄傲，恰恰是致命的东西。

我不再追求那些远方，我要学会一步一个脚印。

我喜欢苏轼，于是花了两三个月的时间背下《上宋神宗万言书》。我不再生嚼，知道了每一个字的读音和意思，并查阅了大量资料去了解北宋这个朝代。

读《牡丹亭》，我认识到自己的浅薄，特地去看了一回昆曲。书上做满了笔记，我对它的认知终不是《红楼梦》中黛玉的一声叹惋：“原来姹紫嫣红开遍，都这般赋予断壁残垣。”

初读木心先生的《温莎墓园日记》，读不透，但我不囫囵吞枣了。我开始重读，体会到那种“人生，就如一杯静静下午茶”的奥妙。

重读《巴黎圣母院》，发现卡西莫多的情感是如此复杂，书中一句“我知道我长得丑，可是你的厌恶让我觉得很难过”便可见一斑。

我终于明白文学的魅力所在，它不是张扬的，它是内敛的，经久不衰的。

永远年轻，永远热泪盈眶。

十五岁，明白怎样大刀阔斧地拼搏，将荆棘穿成藤衣，消磨掉棱角。

我也终学会不执着远方的斑斓，走好脚下的每一步。

美就在身边

人间何处无风景。美，就在身边。

看，风景之美。无论是细水长流的平淡，还是群山耸立的巍峨，都别有一番美丽。

犹记那个深冬，我不情不愿地回了故乡。北方的冬极寒，冷得打战。我一边抱怨着飞机上长达八个小时的疲倦，一边幻想着那千里之外的阳光和温暖，全然没有注意外边白雪皑皑的另一番韵味。

直到妈妈带我爬上一座山，我才深深地为这自然的鬼斧神工折服。厚厚的积雪上，留有几个小小的脚印；火红的朝阳从东方地平面上缓缓升起，照耀着洁白的大地，折射出金灿灿的光芒；天空蓝蓝的，空气也格外清新。山脚下的村庄还未被雪全饰，微微有些裸露，有一种犹抱琵琶的神秘。炊烟袅袅，萦绕在朦胧的雾气中。我的呼吸都轻了起来，生怕惊动在蓬莱下棋的哪位神仙。

山腰上的那棵苍松更是独具一格。树冠的树枝上还托着厚厚的积雪，宛若一朵巨大的白莲，倾洒着玉尘。

我不知用“阴山千里雪”形容是否有些夸张，也不知用“千树万树梨花开”比喻是否贴切，但我终于知晓，不管是夏的热情，还是冬的纯净，都有各自的风情。美，就在身边。

听，言语之美。无论是余音绕梁般的歌喉、荡气回肠的诗句，还是唠叨、责骂，都是美的。

我常常厌恶那些无关的唠叨，因为它们打扰到我的思考。可当我寄宿后，却再也听不到了，不免又觉得少了什么。放假时，我回了家，妈妈却开始寡言少语起来。她不再嗔怒地对我说：“快穿衣服，别着凉了。”也不再责骂我，她反而认真地告诉我，我长大了，我却开始怀念曾经了。

曾经，美就在身边，我却无暇顾及。如今，是否来得及挽回？

读，书香之美。曾经，爱上了那些文字，爱上了那些永远留存的文字。我深深地向往着“采菊东篱下，悠然见南山”的淡泊生活，又一直秉持着“人不轻狂枉少年”的态度；我曾爱上“物是人非事事休”的悲伤，又曾幻想“人生得意须尽欢”的豪放。

书于我，是这个世界上最温柔的东西，也是身边最美丽的东西。

有诗云：“春有百花秋有月，夏有凉风冬有雪。若无闲事挂心头，便是人间好时节。”

美就在身边，等你发现……

· 曾经，美就在身边，我却无暇顾及。

如今，是否来得及挽回？

秋染南雅

秋已至深，猛然间发现，风已渲染了这个季节的浓意。秋叶微黄，残叶翻飞，仿若那些已过的风景，在无数洗礼当中，化为磨痕……

这个季节，虽无嫩柳舞金丝，却可见秋湍泻石髓。在南雅度过的第一个秋天，感到了“独自莫凭栏”的心情。在枝头摘一朵小小的花，嗅着属于秋的芬芳。我深知，秋到了。

一场雨来一声寒

最近下了几场雨，天气倒真是越来越冷，越来越萧瑟。

轻启窗牖，水墨似的天空洇染开来。淅沥的雨点如雾凝涸，直沁人心。也许，这便是微雨天的魅力。不似星日般可望而不可即，亦不似霜雪般洁白过寒露，凌空不染尘。

它如一个婉约的江南女子，“轻解罗裳，独上兰舟”，似嗔似怒，一怀恬静，三分娇羞，带着淡淡的烟火、淡淡的芳香，凌波微步，气若幽兰。虽行于纷呈的世间，却能泰然处之，明净自持。不禁让人怦然心动，欲展臂相拥。

雨啊，这点点芭蕉的愁，这声声自然的美，让人不禁想藏于季节的深处，长醉不复醒。

秋来风起叶纷飞

最近，沿着南雅的大道小道走，总会不意外地看到些许落叶。虽然已经习以为常，但还是替它们忧伤。

也许是吸收了过多的太阳光照，失去水分的身体干枯轻盈，在风中任意飘落，不知道未来的方向。无论曾经多么繁茂，多么骄傲，我想它们也累了。经过了春的挣扎、夏的浮躁，已经耗尽生命所有精华。

说什么脂正浓，粉正香，如何两鬓又成霜？我仿佛也变成飘下的落叶，真不知是怪季节的无情，还是树的不挽留？

夜游湖边掬深秋

那晚，我与同伴夜游未名湖，掬一缕月光，斜倚石桥。看着水面一闪一闪的倒影，看到湖里的残叶，不觉有了黛玉葬花之心。

不得不感叹，秋是一个包含禅意的季节。

无论是秋的凋零、秋的丰收，它诠释的就是人生的起落。

正如世人都晓神仙好，却忘不了自己的东西。正叹他人命不长，哪知自己归来丧。

秋染南雅，感触甚多……

那一刻，我的世界春暖花开

我经常花很久的时间去解一道题目，但我也可以为一个苹果吃上半小时，可以穿着睡衣在床上哼着小曲。至于我为什么这样做，我只能说，学习固然是重要的，但这辛苦的背后，必须有着一个花园。

——题记

我常常思索，为何做这做那。许多人说先苦后甜，为了考试。我也就如一叶扁舟，跟随他们的思想漂泊。

不得不说，我的内心不这么认为。我学这些课程已经很久了，可每一次都如傀儡一般，我不能给自己一个答案。

日子就这样一天天过，直到妈妈拖着行李箱说："我们去旅行！"我们去的地方炎热而唯美，像无头苍蝇似的"飞"了两天后，我有了一个曼妙的遐想：我想去看看花卉。这个建议在我说出口时便一锤定音了。

就这样，我来到这号称植物品种最多的植物园。走着走着，撞见一棵树，它是多么富有生机，绿油油的叶子在金光下闪亮着，心中被这宁静的美好所取代。我看了一眼牌子，这是菩提，静立在它面前，引起心中无限禅意，仿佛置身于浩渺的星空，那是一种来自天地间的顿悟，生命就此定格……

我仿佛被无边的绿意所围绕，一种强烈的归属感充斥着内心，似对自然的眷恋，似对此番情景的感悟。沙沙的响声，是叶对风的低语。心静了，聆听着大自然的声音，如梦似幻，风景依旧，人已不知所终……

我又回想起开学时那斗志昂扬的话语，坚定的背影，将面临多少心酸、多少磨难。多想弹一曲佳乐，说尽心中无数事；多想将心中的丝丝哀愁，传递给眼前的这片绿茵,和这株菩提。

那大伞一样撑起一片天的古树仍挺立着。我嗅着叶的芬芳,心情也不由得变了,变得明悟,终于发现在心中一直摸不透的动力是什么,那是坚持。六年时光,六年心酸,六年等待,全都聚集在最后一年。此时我做的一切准备不是为了考试,而是为了一个信念和一份坚持。

太阳终是拨开云雾,而我的心也恍若明镜,学习不是为了考试。有人常常说枯燥,我也如此。现在,重新面对朝阳,同样的身影,却是不同的心境了,一切为了自己。

菩提树下,我重拾微笑;菩提树下,我的世界春暖花开……

GUARANTEE CARD
ReFa

温上一壶酒

寒假时，老师让我们选读书籍，我一眼便看到了这本书。买了之后，便一发而不可收地读起来。起初，认为林清玄不是玉树临风的少年，就是亭亭玉立的佳人。要问为什么如此，只因为他那极具韵味的文字，如汩汩清泉流入心间，弥漫着无限的禅意，有四大皆空的味道。而当我真正看到他的照片时，才发现他原来是一个慈祥的中年人。

《温一壶月光下酒》是林清玄一篇文章的标题，也是他婚后的第一本散文集书名。我的心完全被“温一壶月光下酒”这几个有魅力的字牵引，非常喜欢它所蕴含的境界。

书中的许多篇章都是描写小人物所感悟的平常事。如何面对生活?作者这样勉励我们:“连石头都可以撞出火来,其他的还有什么可畏惧的呢?”是啊,我们坚信连冰冷的石块都能撞出火来,那么心与心的碰撞,心与心的靠近,一定能发散出人性中最纯真的灵性之火。

佛前一炷燃烧的清香,作者却能感觉到:“那一炷香冉冉地燃烧着,香头微细的火光和上升的香烟使我深深地震颤,我在那香里看见一股雄浑的力量,以及一颗单纯的中国人心灵绵长地燃烧着。”清香一炷,那是一种空间;罚你一跪,那是一种时间。空间与时间,皆在这一炷冉冉燃烧升腾而起的清香里。作者深深体悟到这种空间和时间是东方的美学。他试着用黑暗锻造出一双黑明眸,来洞察我们的生活。

“将月光装在酒壶里,用文火一起温来喝……”第一次读时完全是一种惊艳的感觉,“山香云气”是赛过酒气的。月光是温润的,酒是如火一样辣的。温一壶月光来下酒,削去身上的愁和怨,削去心灵的尖利锋芒,使自己融入如月光一般温柔的人世温情中。他将浮名虚利换作浅酌低唱，时时不忘自己有一个温柔的灵魂。

再来举杯邀明月吧，让我们温一壶月光下的酒，共赏一片迷路的云，共忆烟气氤氲的鸳鸯香炉。坐拥青山，剪几缕清风，掬几片月光，温上一壶酒。而后，在文字里不醉不休。

宮川町歌舞練場

你如今的气质里，藏着你走过的路，读过的书和爱过的人。

代后记：我的文学之路

写作篇

之前考试，有时能够小有成就，博得头魁，这时总会有些人来问我学习方法，让我列个书单云云。我很多时候不知道如何回复，文学更多的是日常的积淀，临时抱佛脚只是险中求胜，但不回复又会让人觉得我身藏秘籍却不肯分享，于是我在这里写下我的文学历程，供大家参考。

我认为写作总有一个过程，一开始大家会喜欢写华丽的文章，但华丽得过了头，会显得虚浮，华而不实。不妨举个例子，之前在空间里关注了不少写手，是写得好啊，比喻生动，文辞华美，初读的时候都想拍手称绝：写得多妙啊。但是，当我再一次读的时候，虽然还是一样会被其语言所触动，但却丧失了一种惊艳感，因为你读着读着，会发现，怎么无法往下去推敲了？读久了，会觉得这些文章里都泛着空虚，立意会较浅薄，不能让人久记。我觉得我最开始的古文写作也就卡在这里，觉得语言如何好就够了，总是少些东西，可能更多地去追求古风写意，却不古不今，到后来使得文章晦涩，读着有一股嚼树皮的味道。所以我想，他人去读我的文章，只会觉得：嗯，这个中学生的功底比其他人更深厚一些。除此之外，不会有什么其他想法。

之后我更喜欢朴实平淡的文风。这种朴实，和生活更为接近，但是朴实的文字也并不是平铺直叙，更不是繁复冗杂。例如我小学上的作文课外班就有一个很有趣的要求，辅导老师要求作文一定要写到多少字才能回家。当时我与人攀比，每次的作文写了几版几版，写得多者总有一种豪情在心间，不自觉地就要昂首挺胸些。想来也好笑，因着这样的要求，每次写作文时我都要绞尽脑汁想出三百字以上的开头，实在不会写了，就写上一句废话，再划掉，占占格子。这样的教育不得不说是很畸形的。直到六年级，班上都还有同学以为自己写作文超过了几行作文纸，高分就已经势在必得了。其实不然，写得多不等于写得好，像之前我们学校有一次布置的作业，把《牧童》展开写成一篇六百字以上的文章，你会发现你用无数的修饰词去写田野的辽阔，去写笛声的悠扬，还不及一句——“草铺横野六七里，笛弄晚风三四声”。千言万语，不过这一句话足矣。

以上说了我以前写作的两个误区，相信不少人跟我犯着一样的错误，有的可能至今依旧在犯。其实我不是说华丽不好，也不是说朴实不好，但这是两个极端，而两者并不矛盾，反而相辅相成。我觉得一篇文章最棒的是有华丽的情感和朴实的文字。像以前我欣赏无能的《老海棠树》《阿长与〈山海经〉》等等，还有巴金、鲁迅、老舍、沈从文这般的大家，现在读来真觉得是少有的好文字。我想韩愈当时提出的“复古”也是一个道理，学古文，习古道，“载道”“明道”。

既然已经提到这里，我们不妨再谈谈文气。以前读苏辙的“文气说”，有一句话记忆特别深刻：“文者，气之所形。”

孟子说：“我善养吾浩然之气。”有了这点浩然之气，就如苏子所言“一点浩然气，千里快哉风”了。俗话说“腹有诗书气自华”，文人之气，是看得见的。

对于写作这件事，我有点可笑的傲气，那就是只服能人。所以很多时候对于应试教育出产的“罐头们”，我都不喜欢。我遇见许多人，有的人说自己热爱文学，但只会翻字典找些生涩的难字，不停地用几个重复的典故彰显自己所谓的学富五车；有的人取得了一点点成绩就沾沾自喜，他们已经被这荣誉砸得晕头转向，把这当作自己最辉煌的时刻，也就难以超越自己了；还有的人写作文肤浅得只会悲秋伤春，觉得这已经是世界上最痛苦的事。对此我有些嗤之以鼻。我讨厌在文章后面一定加上“通过这件事，我终于懂得了……”或者是在自拟题目的时候把你所有的故事、主旨全概括出来。比如说，我印象特别深的就是我的一位老师强烈赞赏了一个“他用四指弹出坚强”的题目。

在写作方面，我的初中语文老师让我触动极深。我一开始总是不听她的，照着自己的风格行事，但是几次都只是二类作文里的中等偏上。什么样的作文才算得上是一类作文？我很迷惑，还有些不服，我不觉得比我分高的作文真的是很棒的文章。那一段时间里，我觉得这种局面就是我瞧不上人家，人家也瞧不上我。我的初中语文老师就直接指出说，我的文章在应试里很多时候是不适用的，有的地方想表达出深意，但是批改试卷的速度很快，老师是没有时间去推敲的。如果要考中考，必须功利性地去学习。

于是在中考之前，我发现了我最喜欢去挑战的事情。不管是写三结构还是写那些既定的考试形式，我学会了旧瓶装新酒的方法。一样的模式，一样多的题材，怎样写出自己的东西，写得与众不同呢？其实，在不同的情况下学会变通写作，是一种能力，而且是一种非常厉害的能力。

要让我醉心创作，我也可以像王尔德一样，为了一个逗号费尽心思。要让我迅速地写新闻稿，我也可以做到精确掌控。要让我写应试作文，我照样可以夺得高分。无论什么样的要求、什么样的文体，都无法束缚我，这是我最希望看见的。其实应试考试也不是像很多人说的那样，把它酸成现代八股文。虽然说乾坤大挪移这种技能是家常便饭，但是应试总是有一定的好处，毕竟有规定字数，有规定命题，如果一个人连基本要求都达不到，还指望你能洋洋洒洒做出大文章吗？

“作文”，我一直不将它理解成一个名词，我把“作”当一个动词来看。就像写这篇文章，也是写得我胸腔中豪情万丈，想引吭高歌。

文章的结尾我要引用王尔德的一段话——

你拥有青春的时候，就要感受它。不要虚掷你的黄金时代，不要去倾听枯燥乏味的东西，不要设法挽留无望的失败，不要把你的生命献给无知、平庸和低俗。这些都是我们时代病态的目标、虚假的理想。活着！把你宝贵的内在生命活出来。什么都别错过。

——奥斯卡·王尔德《道林·格雷的画像》

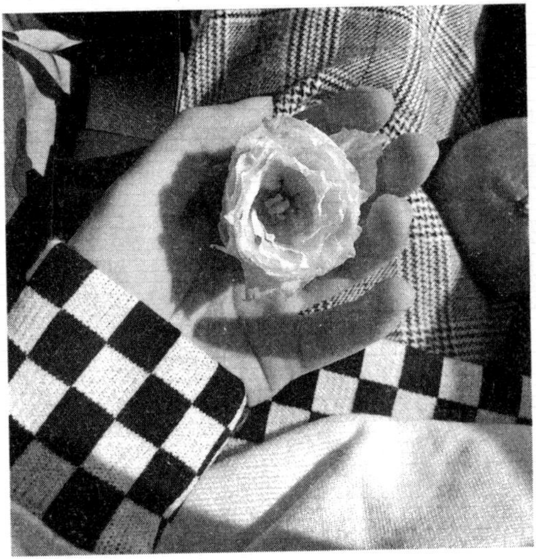

读书篇

读书有三到，谓心到、眼到、口到。

上一篇聊了写作，转而有阿姨问我小时候是不是读了很多名著，那么我们来聊聊读书。

读书是件很有益处的事。当你一筹莫展时，很多时候不需要去绞尽脑汁地坐上两个半小时想一篇文章，你的两个半小时其实是对你敲的警钟，你缺少积累，已经很久没有静下心来好好地沉淀一次了。

就像陈平原先生说的——

"当你半夜醒来发现自己已经好长时间没读书，而且没有任何负罪感的时候，你就必须知道，你已经堕落了。不是说书本本身特了不起，而读书这种行为说明你没有完全认同这个现世和现实，你还有追求，还在奋斗，你还有不满，你还在寻找另一种可能性，另一种生活方式。"

我觉得这句话特别棒，世界上一共有多少本书呀？我们读的不过是沧海一粟，先不说别的，就是至今被人们称得上是名著的就至少上百本。可名著只是你的基石，你还要读其他的东西，还要读读各种形式的东西——诗歌、散文、随笔、小说……你还要去看看不同的地域的作品，每个地域都有着不一样的东西，就像楚地有《楚辞》一样。我这儿说的仅仅是中国，世界上那么多地方，那么多优秀的作家，他们兀自闪着光，还等着你去发掘。

读万卷书，行万里路。

这么久以来，我觉得别人跟我抱怨最多的就是："不知道干什么，好无聊啊。"试想，人为什么会无聊？我觉得很多时候都是因为他们无法掌控生活而无聊，是最低的一种境界。如果用无聊的时间来读书，是多么棒的一件事。

最近越来越忙，我倒是开始怀念小时候的光阴了，那个时候时间特别充足，每天有无数的事情做，一本书一天就能看完，然后可以重复看好几遍，现在读书都是断断续续的，我妈说我在吃老底，我否认。只要一直在读书，就是在进步，士别三日当刮目相看。在此，要特别鸣谢齐姐，我们一起建了一个叫三味书屋的群，每天打卡读书笔记和摘抄，算是互相监督吧。毕竟读书破万卷，下笔如有神。

闲话说了这么多，让我先来点干货。

以前看《人间词话》的时候，很喜欢王国维，今天我想和你们聊聊他的读书三大境界（个人理解，若有不妥，及时指正）。

第一层

昨夜西风凋碧树。独上高楼，望尽天涯路。

这句来自晏殊的《蝶恋花》，意思是：我登上高楼眺望所见的更为萧瑟的秋景，西风荒野。山阔水长仿佛世间的一切都已经浮云过世。若要用王国维之意来解释，我想应该是说古之有大学问者，必先登高望远，明确自己的目标与方向。若按原词来解，那我想应该了解一下上一句“明月不谙离恨苦，斜光到晓穿朱户”，这几句都是情感的酝酿期，有一种朦胧之感。换句话说，就是请多指教点别的。

第二层

衣带渐宽终不悔，为伊消得人憔悴。

原词出自柳永的《蝶恋花》，表示了作者对爱的艰辛和无悔，若这里的“伊”表示的是读书者的人生目标或毕生理想，就非常别有用心了。大学问者并非一蹴而就唾手可得，需要长时间的热忱之心和坚持不懈的精神。这一层次，已有“指点江山，激扬文字”之气势了。

第三层

众里寻他千百度。蓦然回首，那人却在灯火阑珊处。

这句想必大家耳熟能详，出自辛弃疾的《青玉案》。梁启超说这句“伤心人别有怀抱”，但从原意上挖掘，会发现其意思在于表达经历了以上两个境界以后，一切豁然开朗起来，你才会有所发现。

那么现在，我们将这三种读书境界与自己作比，你到底达到了哪一步呢？对这三种境界都能够融会贯通是很难的，我想只有少数人敢于说自己对于这三层的运用已经达到炉火纯青的地步。

我讲讲自己的经历吧，作为个人版，仅供参考。我觉得我看书是很杂的，什么都看。因为我觉得看书就像交朋友，什么样的朋友都交一点，只会有好处。我不喜欢特意抵制某一种东西，因为所有的东西都会有可取之处，或是让你有所提升，或是让你吸取些经验教训。

有句话从小到大一直讲，听得确实多，叫“兴趣是最好的老师”。现在新媒体发达，手机呀，电视呀，都很多，比比皆是，但读书永远是不可缺少的一件事情。如何在这个浮躁的社会里静下心来，是一个很值得思考的问题。

你看电视剧，或在网上读那些“震惊！……”诸如此类标题的娱乐新闻，只要扫一眼就可以了，一年有多少电影电视剧播映，手机上也只要刷新一下，又会有新的类似的娱乐新闻出现。这样的东西，很容易被人遗忘。电影电视剧看久了，你都只要看个开头就会知道结局。娱乐新闻读多了，你会发现内心永远是冰冷的，因为难有触动。我没有“万般皆下品，唯有读书高”之意，娱乐是一部分，我们在这样发达的时代，不可能过远古人的生活，电影和电视剧也有绝妙之作，不过这些所有的创作之源都是书本。所以，若你有空闲的时间，多去读些书。

之前有一句话很火，出自电影《卡萨布兰卡》：

你如今的气质里，藏着你走过的路、读过的书和爱过的人。

确实如此。

之前总有人让我推荐书单，但我从来没有列书单给别人，因为我觉得每个人喜欢的东西不一样，看不一样的书，会让人产生不一样的笔风，各有千秋，更多的时候，可以自己去寻找你喜欢的东西，不要别人推荐什么就看什么，也不要别人推荐什么你为了特立独行就特地不读什么，不要走极端。现在各种书单，特别是高中老师喜欢一给就是五十、一百本，很多的家长有盲区，老师推荐了多少，他们直接就给一箩筐

买了。我给出一个建议，看书这件事，对自己的胃口就好，从书单里挑出一些感兴趣的书，一次也不要买太多，看完了再买下一本，就挺好。

我不再做方法论的赘述，那么多种高分技巧，也不缺我一种，人间永远有秦火罩不住的诗书。关于读书，我还算是个门外汉，之后如果想到了什么还会续写。其实说实话，也没有什么好写的，读书就是读书，不停地读就是了。

有一回去成都培训，亚洲领导力计划的创始人说："我的梦想是一年能读一百本书。"之后私下里我问他，为什么不选择把一本书读一百遍而去选择读一百本书？他笑了，他说一百本只是个不可实现的目标罢了，他只是想多读些书，不然会觉得可惜。

我不想在生命的尽头回忆往事却感到后悔又悲伤，想着"唉，自己要是能多读几本书就好了。"

我们不要做后悔的事。

·如何在这个浮躁的社会里静下来，是一个很值得思考的问题。

武静怡部分获奖情况

钢琴类

2007年7月香港第三届世界华人青少年艺术节(维纳斯杯钢琴项)优秀奖

2008年6月第五届“星星火炬”中国青少年艺术英才湖南赛区钢琴项学前组金奖

2008年7月第五届“星星火炬”中国青少年艺术英才全国总决赛钢琴专业学前组铜奖

2008年6月“友谊阿波罗杯”钢琴学龄前金奖

2010年10月19日上海音乐学院社会艺术水平考级，等级六，成绩良好

2012年11月24日上海音乐学院社会艺术水平考级，等级八，成绩良好

2013年10月10日上海音乐学院社会艺术水平考级，等级十，成绩优秀

绘画类

2007年12月湖南省教育学会主办第四届“娃娃家智慧之星”大赛金奖

2008年6月湖南省美术家学会主办“我为奥运·心系北京”第六届全国幼儿时代小艺术家大赛银奖

2009年11月全国青少年儿童书画大赛“溢美童心”杯儿童组金奖

2010年6月第十一届“溢美·雏鹰杯”全国青少年儿童书画大赛金奖

2010年12月第八届全国少儿“小艺术家”大赛金奖

2011年6月第二届“溢美童心”全国青少年儿童书画大赛银奖

2013年全国青少年儿童书画大赛金奖

书法类

2012年5月长沙市雨花区中小学生美术、书法、摄影比赛,书法类一等奖

2013年5月长沙市雨花区中小学生美术、书法、摄影比赛,书法类一等奖

2013年5月长沙市中小学校园文化艺术节,小学组书法一等奖

2015年5月长沙市中小学校园文化艺术节,初中组书法一等奖

2016年5月长沙市中小学校园文化艺术节,初中组书法一等奖

文学类

2010年4月第十二届“语文报杯”全国中小学生作文大赛《从这里开始》省级一等奖

2010年6月长沙市第八届中小学生作文大赛一等奖

2011年4月第十三届“语文报杯”全国中小学生作文大赛《小精灵找妈妈》省级一等奖

2015年全国中学生语文能力大赛长沙市一等奖,全国二等奖

2015年8月第十七届“语文报杯”全国中小学生作文大赛《桃夭·我懂》国家级一等奖

2017年4月第十八届“语文报杯”全国中小学生作文大赛《孰谓守望者之最》国家级一等奖

读书就是读书，不停地读就是了。